AF295071

Tanya Carpenter veröffentlicht seit 2007 Romane und Kurzgeschichten in unterschiedlichen Bereichen der Belletristic Romance. Von Paranormal und Historical über Drama und Suspence bis hin zu Thriller und Crime. Ihr Schwerpunkt liegt mittlerweile im Bereich von LGBTQIA+. Den Fokus setzt die Autorin auf starke Emotionen, authentische Charaktere mit vielen Facetten und Storylines, die auch nach dem Lesen im Gedächtnis bleiben. Gerne würzt sie ihre Geschichten mit Leidenschaft und spicy Szenen. Ihre Inspiration holt sie sich oft auf langen Spaziergängen in der Natur oder beim Musikhören. Näheres auf ihrer Homepage www.tanyacarpenter.de

TANYA CARPENTER

SCHNEEGESTÖBER IM *Herz*

Eine MM Romance in Alaska

Schneegestöber im Herz

»Shelley, klären Sie das gefälligst. Ich werde denen keinen Cent für diese Schrottkarre zahlen, haben Sie das verstanden? Das ist eine Zumutung. Shelley?« Natürlich war meine Sekretärin der absolut falsche Adressat für meinen Zorn, aber in der Autovermietung erreichte ich niemanden und wenn ich meinem Ärger nicht Luft machte, würde ich daran ersticken.

Leider antwortete auch meine Sekretärin gerade nur sehr abgehackt und das lag nicht an einer Sprachstörung ihrerseits, sondern daran, dass ich mich im verdammten Niemandsland befand. Schon wieder erklang lediglich Rauschen. Die Störung im Handyempfang konnte ich allerdings nur bedingt dieser rostigen Blechbüchse zuschreiben, die mir von der Autovermietung am Flughafen zugeteilt worden war. Die uralten Scheibenwischer, heruntergefahrene Reifen und den stotternden Motor umso mehr. Unter normalen Umständen hätte ich diesen Wagen niemals angenommen, aber es war Weihnachten, keine anderen Autos mehr verfügbar gewesen und ich musste zu diesem verdammten Termin, der ohnehin schon unter keinem guten Stern zu stehen schien.

Dass Greystone Industries das Meeting auf den ersten Weihnachtsfeiertag gelegt hatte, störte mich nicht. Ich konnte diesem Fest sowieso nichts abgewinnen und im

Grunde gefiel es mir sogar, dass mein neuer Geschäftspartner offenbar ähnlich dachte. Aber über die Feiertage war es schwierig, kurzfristig Flüge zu bekommen, weshalb ich nicht direkt nach Dawson City hatte fliegen können, sondern den Umweg über Anchorage inklusive einer anschließenden eintägigen Autofahrt in Kauf nehmen musste. Mein Plan war es gewesen, unterwegs in irgendeinem Hotel zu übernachten und dann pünktlich morgen Nachmittag zum Termin zu erscheinen. Aber allmählich verlor ich den Glauben daran, das zu schaffen.

Ha! An Weihnachten den Glauben verlieren? Ja, konnte ich. Denn nicht genug, dass das mit den Flügen so ein Problem gewesen war und ich diese Schrottkarre erwischt hatte, die Krönung war noch dieses blöde Navi, das vermutlich zum letzten Mal vor der Sintflut upgedatet worden war und mich in eine absolut gottverlassene Gegend manövriert hatte. Es schien mit allen Mitteln verhindern zu wollen, dass ich mein Ziel erreichte oder überhaupt jemals wieder menschliche Behausungen und einen Hauch von Zivilisation sah, denn weit und breit waren hier nur Schnee, Bäume und Berge.

»Tut mir leid, Mr Bellows«, drang Shelleys Stimme wieder zu mir durch. »Da geht niemand mehr ran. Ich kümmere mich gleich morgen darum. Heute ist aufgrund des Feiertages schon geschlossen. Und der Flughafen wurde ebenfalls vor einer halben Stunde gesperrt, weil ein Blizzard aufzieht und der Flugverkehr vorübergehend eingestellt werden muss.«

Ich unterdrückte nur mühsam einen Fluch. Das durfte doch alles nicht wahr sein. Natürlich. Statt sich ums Geschäft zu kümmern, waren die Mitarbeiter der Autovermietung inzwischen bei ihren Familien. Schließlich war heute Heiligabend. Gott, ich hasste Weihnachten. Sollte ich bei meinem Job wohl eigentlich nicht, denn als Inhaber einer Marketing-Agentur war es mein Job, gerade solche Feste effektiv zu nutzen, um Waren an den Mann und die Frau zu bringen. Das konnte ich auch, ich war gut in dem, was ich tat. Nicht umsonst gehörte meine Agentur inzwischen zu den zehn besten in ganz Nordamerika.

Was ich selbst über Santa Claus und Co dachte, spielte keine Rolle. Es stand schließlich nirgendwo geschrieben, dass ich glauben musste, was ich in den Werbeslogans transportierte. Es musste funktionieren, und Verkaufsstrategien waren selten mehr als genau das: Strategien, geschickte Manipulationen, hinter denen kaum ein Funke Wahrheit steckte. Man war nicht überzeugt von dem, was man da sagte, sondern nur davon, dass es funktionierte. So lief das in diesem Geschäft nun mal. Wer heutzutage noch nicht kapiert hatte, dass alles auf Kommerz und Suggestion ausgelegt war, dem war nicht mehr zu helfen. Gerade Weihnachten verdeutlichte mir das jedes Jahr – und das schon seit meiner Kindheit.

Nun schlug sich auch noch das Wetter auf die Seite der Winterwonderland-Fraktion. Wenn der Schneesturm vorbei war, würde alles unter einer unschuldigweißen Schneedecke liegen, während die Sonne vom blauen Himmel lachte. Das perfekte Weihnachtspanorama. Mir drehte sich der Magen um bei dem Gedanken. Oder ich bekam von dem ganzen Stress allmählich wirklich ein Magengeschwür. Mein Arzt warnte mich seit langem schon davor, und war auch jedes Mal wenig begeistert, wenn ich mir wieder ein Rezept bei ihm holte. Aber ohne pharmazeutische Hilfsmittel schaffte ich zuweilen mein Pensum nicht, und irgendwie musste ich abends ja auch wieder runterkommen, um wenigstens ein paar Stunden Schlaf zu bekommen.

Bei diesen Straßenverhältnissen konnte ich es jedenfalls abhaken, den Zeitplan zu schaffen. Hoffentlich zeigten die Greystones Verständnis. Das hier war schließlich höhere Gewalt. Ich musste diesen Deal machen. Wenn es mir gelang, war meine Agentur für die nächsten Jahre fein raus. Wenn nicht ... Tja, in unserem Business lagen Aufstieg und Fall oft verdammt dicht beieinander. Aber ich würde nicht fallen. Niemals. Ich erreichte meine Ziele, weil ich hart arbeitete und alles andere hinter den Job zurückstellte. So funktionierte das eben, wenn man erfolgreich sein wollte.

»Mr. Bellows? Wäre es dann jetzt okay, wenn ich auch Feierabend mache? Ich kann wie gesagt heute sowieso niemanden mehr erreichen und meine Kinder freuen sich schon auf die Bescherung.«

Kinder. Auch so eine Sache, die ich nie würde nachvollziehen können. Nicht, dass ich etwas gegen Kinder hätte, aber allein die Vorstellung, mein Leben nach so einem kleinen Menschen ausrichten und im Job womöglich Abstriche machen zu müssen, jagte mir eine Heidenangst ein. Zum Glück würde sich mir dieses Problem niemals stellen. Erstens war ich schwul und zweitens beschränkte sich das Zwischenmenschliche bei mir auf ein paar schnelle Nummern in Gayclubs. Für mehr hatte ich schlicht keine Zeit.

»Mr. Bellows?«, drang die Stimme meiner Sekretärin unsicher in meine Gedanken.

»Ja. Ja, Shelley, machen Sie Feierabend. Aber morgen früh rufen Sie direkt bei diesen Autofritzen an und klären das. Die können froh sein, wenn ich keinen Schadenersatz verlange. Ich versuche jetzt, irgendwo zu drehen und zurückzufahren. Ach, und bevor Sie nach Hause gehen, informieren Sie bitte noch die Greystones, dass ich vermutlich am Flughafen übernachten muss und erst morgen losfahren werde.« Mit etwas Glück dann in einem zuverlässigeren Fahrzeug. »So leid es mir tut, dann müssen wir den Termin um einen Tag verschieben. Shelley? Haben Sie mich gehört?«

Als ich keine Antwort erhielt, blickte ich auf mein Handydisplay und hätte das Gerät vor Wut beinah aus dem Fenster geworfen. Kein Empfang. So ein verdammter Mist! Hoffentlich dachte meine Sekretärin von allein so weit, dass sie bei Greystone Industries anrief und meine Verspätung erklärte.

Just in diesem Moment leuchtete auch noch die Tankanzeige auf.

»Na wunderbar. So viel also zu meinem Plan, umzudrehen.« Auf dem Rückweg würde ich im Leben nicht rechtzeitig eine Tankstelle erreichen, denn es war über eine Stunde her, dass ich die letzte passiert hatte, an der vermutlich ohnehin jetzt kein Tankwart mehr zu finden war. Auch der würde mit seiner Familie unterm Weihnachtsbaum sitzen und Lieder singen. Also blieb nur der Weg nach vorn, in der Hoffnung, dass dort in absehbarer Zeit eine Ortschaft auftauchte, wo ich Treibstoff für dieses alte Karre und vielleicht einen heißen Kaffee und ein Sandwich für mich finden würde.

Und – falls dieser elende Schneefall noch dichter wurde – schlimmstenfalls auch ein Zimmer für die Nacht.

Meine Befürchtungen hinsichtlich des Wetters bestätigten sich nur knapp zehn Minuten später. Der Schneefall wurde zusehends stärker, dazu kam Wind auf, der an einigen Stellen so heftig war, dass es die Karosserie ordentlich durchschüttelte. Gottlob war ich kein allzu ängstlicher Mensch. Wenn am Flughafen ein Blizzard aufzog, waren dies hier wohl seine Ausläufer. Aber Hut ab, er hatte die Distanz deutlich schneller hinter sich gebracht als ich – oder aber er hatte den direkten Weg genommen, während das Navigationsgerät mich auf eine Sightseeingtour durch Nimmerland geschickt hatte. Wobei es gerade nichts zu sehen gab außer Weiß auf Weiß, und selbst das wurde zunehmend von der einsetzenden Dunkelheit und dem dichten Schneetreiben verschluckt.

Bei dem Versuch, irgendeinen Anhaltspunkt draußen zu erkennen, der auf menschliche Existenz hinwies, verlor ich die Straße für Sekunden aus dem Blick. Lang genug jedenfalls, dass mich wie aus dem Nichts ein lautes Hupen reflexartig auf die Bremse treten ließ, wodurch die profilarmen Räder den Grip verloren und der Wagen sich quer stellte. Ohne Einwirkmöglichkeit schlitterte ich seitlich auf zwei Scheinwerfer zu, die offenbar gerade hinter einer Kurve aufgetaucht waren. Es hupte erneut, ich hielt den Atem an und die Hände fest ums Lenkrad gekrallt. Wartete auf den Aufprall, doch der blieb aus.

Stattdessen kam ich Zentimeter vor dem anderen Fahrzeug zum Stehen, das sich als eine Art Minitruck mit Schneeschaufel vorne dran entpuppte. Die Fahrertür wurde aufgerissen, ein älterer Mann mit einer Art Pilotenmütze streckte den Kopf heraus und rief mir etwas zu, das ich zunächst nicht verstand. Mühsam kurbelte ich das Fenster runter, denn elektrische Fensterheber hatte der Mietwagen natürlich auch nicht.

»Bist du bekloppt?«, fuhr der Typ mich sofort an. »Was machst du bei diesem Wetter mit diesem Ding hier draußen. Das ist lebensmüde, ist dir das klar?«

Ich setzte ein gezwungenes Lächeln auf und überhörte seine Unhöflichkeit.

»Guten Abend, Sir. Ich habe mich leider verfahren. Das ist ein Mietwagen und das Navi ... na ja, irgendwie funktioniert es wohl nicht. Ich bin auf dem Weg nach Dawson, aber so wie es aussieht, wurde ich wohl von der Technik fehlgeleitet.«

Der Fremde stockte kurz, kratzte sich den kurzen, grauen Bart und deutete dann über seine Schulter.

»Na ja, wenn das so ist. Also Dawson liegt da hinten. Sind noch so zehn Minuten. Mit dem da«, er deutete auf das, wie ich durchaus ebenfalls fand, nur bedingt wintertaugliche Auto, »vermutlich eher zwanzig. Fahr bloß langsam, ich hab keine Zeit, dich nachher aus dem Graben zu ziehen. Muss sehen, dass wir nicht komplett einschneien. Scheiß Blizzard.«

Mein Herz machte einen freudigen Hüpfer. Ich war in Dawson? Oder zumindest so gut wie? Okay, es gab wohl doch noch Weihnachtswunder, denn eigentlich war die Strecke von Anchorage bis hierher gar nicht in so kurzer Zeit zu schaffen, aber ich wollte nicht darüber grübeln. Hauptsache, der Termin platzte nicht. Ich beschloss, es als himmlisches Weihnachtsgeschenk zu sehen und künftig vielleicht nicht ganz so sehr Grinch zu sein.

»Vielen Dank, guter Mann. Sie glauben gar nicht, was Sie mir gerade für eine Freude gemacht haben.«

Ich kurbelte das Fenster wieder hoch, weil es echt scheiße kalt draußen war. Alaska eben. Der Motor heulte auf und die Räder drehten durch, als ich versuchte, meinen fahrbaren Untersatz wieder in die Spur zu bringen. Ehe ich in die Verlegenheit kam, den Räumdienst um Hilfe zu bitten, stieg der schon von selbst aus seinem Truck und kam kopfschüttelnd auf mich zu. Ohne noch mal ein Wort an mich zu richten, ging er einfach zum Heck, stemmte beide Hände dagegen und rief mir zu, ich sollte gefühlvoll Gas geben. Es erschien mir unklug, mich mit ihm anzulegen, weshalb ich widerspruchslos Folge leistete und tatsächlich, nach ein paar weiteren kleinen Schlingern, griffen die Reifen wieder und ich rutschte dank Manpower-Unterstützung wieder in Fahrtrichtung auf die Straße.

Ich wollte mich noch bedanken, doch da winkte der Alte schon ärgerlich ab und stieg wieder in seinen Truck, um scheinbar mühelos weiterzufahren. Ich beneidete ihn. Vielleicht sollte ich in Dawson nach einer Autowerkstatt suchen und für die Rückfahrt neue Winterräder aufziehen lassen. Doch zum einen bezweifelte ich, dass mir über Weihnachten jemand diese Dienstleistung bieten würde und zum anderen sah ich auch nicht ein, der Autovermietung auch noch Reifen zu spendieren.

***

Eine Viertelstunde später erreichte ich endlich eine kleine Ansiedlung von Häusern und dort gab es tatsächlich auch eine Tankstelle! Halleluja. Es war noch nicht Dawson, aber zumindest die Versicherung, dass es Zivilisation in dieser gottverlassenen Gegend gab.

Die Zapfsäulen wirkten ein bisschen antiquiert, aber sie funktionierten. Jetzt noch schnell ein bisschen Proviant organisieren, dann würde ich es sicher bis Dawson schaffen. Weit konnte es nun nicht mehr sein, es sei denn, der Typ vom Schneeschieber hatte mich verarscht.

Leider beschränkte sich die Auswahl im Verkaufsraum auf alle möglichen Utensilien rund ums Auto. Weder Snacks noch Getränke. Nicht zu ändern. Hinter dem Kassentresen saß ein kleiner Junge von vielleicht sieben oder acht Jahren.

»Hi. Ist dein Vater da?«

Ein Kopfschütteln war die Antwort.

»Deine Mom?«

Wieder eine Verneinung.

»Jemand bei dem ich bezahlen kann?«

Daraufhin deutete er auf den Betrag im Display und streckte seine Hand aus. Okay, Kartenzahlung war hier wohl nicht möglich. Hätte mich auch gewundert.

Ich seufzte und zählte sechzig Dollar ab, die ich ihm reichte.

»Den Rest kannst du behalten«, meinte ich mit einem hoffentlich freundlichen Lächeln. Irgendwie tat mir der Knirps leid. Ein Kind sollte nun wirklich am Heiligabend zuhause sein.

»Kannst du mir vielleicht sagen, wie weit es noch bis Dawson ist?«

Jetzt riss er die Augen auf und machte eine ausladende Geste mit den Armen, die den gesamten Verkaufsraum beschrieb. Was wollte er mir damit denn sagen? Dass sich sein Wissen auf den Laden beschränkte? Wieso sagte er nichts? War er stumm? Verstand er mich überhaupt?

Kopfschüttelnd wünschte ich ihm Frohe Weihnachten, was ihn zumindest grinsen ließ, und ging zum Wagen zurück. Direkt weiterfahren oder erst noch Verpflegung für mich selbst besorgen? Mein Magen knurrte vernehmlich und traf die Entscheidung.

Auf der gegenüberliegenden Straßenseite befand sich ein kleines Café. Das war dann wohl Fügung des Schicksals.

Ich überquerte die Straße, was denkbar leicht war, da hier weit und breit kein Auto fuhr. Wenn ich ihrem Verlauf mit dem Blick folgte, dann sah ich eine Handvoll weiterer Häuser. Vielleicht auch ein paar mehr. Mhm. Komische Siedlung.

Über dem Eingang des Cafés prangte in geschwungener Leuchtschrift *Teegestöber*. Ah ja. Hoffentlich gab es hier dann überhaupt Kaffee. Aber drinnen sah es einladend und warm aus, und zur Not würde ich nehmen, was ich kriegen konnte.

Erleichtert stellte ich allerdings schon beim Eintreten fest, dass es köstlich nach Kaffee duftete. Ebenso wie nach Kuchen und belegten Baguettes.

»Guten Abend«, begrüßte mich der Kellner, oder was auch immer er war. Ich schätzte ihn auf Ende dreißig, also nur unwesentlich älter als ich. Seine braunen Haare waren leicht zerzaust und ein Dreitagebart zierte sein Gesicht, aus dem mich fröhliche Augen und ein hübscher Mund anstrahlten. Man sah ihm an, dass er häufig lächelte, musste man in dem Job wohl auch. Das hatte in seine Mundwinkel und rund um seine Augen kleine Fältchen eingegraben, die ihm aber ausgesprochen gut standen. Tja, wären wir hier in einem Club, hätte ich vielleicht in Erwägung gezogen, mit ihm zu flirten, aber wir waren am Arsch der Welt und ich musste dringend weiter. Für eine heiße Nummer im Nebenzimmer hatte ich keine Zeit.

»Auch Guten Abend. Ein Café namens Teegestöber?«, fragte ich skeptisch. Sicher nicht der beste Einstieg in eine Unterhaltung, aber da konnte ich nicht aus meiner Haut. »Ist nicht sehr marketingtauglich, oder?«

Der Typ runzelte kurz die Stirn, grinste dann aber und zuckte mit den Schultern. »Och, weißt du, die Konkurrenz ist hier nicht sonderlich groß, wie du vielleicht schon bemerkt hast. Ich denke, da ist das vertretbar. Ich mag einfach Kaffee und Tee gleichermaßen und weil wir hier in ziemlich vielen Monaten im Jahr mit Schneegestöber zu tun haben, fand ich den Namen irgendwie passend.«

Ich schüttelte innerlich den Kopf, musste aber dennoch in sein Lachen mit einstimmen. So gesehen gar nicht verkehrt. Für mich als Marketing-Experte aber dennoch ein absolutes No-Go.

»Was darf ich dir denn zubereiten?« Er wies auf den Hocker direkt vor sich und stützte sich, nachdem ich dort Platz genommen hatte, mit beiden Händen auf dem Tresen auf, was unsere Gesichter nah zueinander brachte. Unwillkürlich musste ich schlucken, weil mir sein Blick durch und durch ging. Der Kerl hatte verdammt schöne Augen, in denen etwas schimmerte, das mich irritiert blinzeln ließ.

»Ich hätte gerne einen Caramel Macchiato«, sagte ich hastig. »Wenn du hier sowas machen kannst.«

Der Barista – nachdem ich einen Blick auf das Equipment geworfen hatte, konnte man ihn wohl so nennen – grinste erneut breit.

»Klar, kein Problem. Magst du eine Prise Zimt und Koriander drin, oder lieber nicht?«

Ich schürzte die Lippen. »Ich probier gern mal was aus.« Warum nur klang das selbst in meinen Ohren zweideutig?

Er nickte zufrieden und machte sich daran, mein Getränk zuzubereiten. In der Zwischenzeit betrachtete ich die Auswahl an Snacks und entschied mich für ein Schinken-Salami-Baguette. Nach diesem Tag durfte ich mir dieses Double durchaus gönnen.

»Ich heiße übrigens Bob«, stellte sich der Barista vor, der vermutlich auch der Inhaber war, wenn er dem Laden hier den Namen gegeben hatte.

»Harvey«, gab ich bereitwillig Auskunft.

Er stellte den Macchiato vor mich. »Wohl bekomm's.« Schnuppernd hob ich die Nase, aber weniger wegen des Heißgetränks als vielmehr wegen ihm. Er roch verdammt gut. Nach einer Mischung aus frischem Kaffee und Tannenzweigen. Als ich sein Schmunzeln bemerkte, war es mir peinlich, seinen Duft so intensiv eingeatmet zu haben. Was sollte er denn jetzt von mir denken?

»Ähm, danke.« Ich deutete auf das Baguette. »Das nehm ich auch noch.« Bloß schnell ablenken.

»Gern. Ich kann dir aber auch was Warmes zubereiten. Wir haben Burger, kleine Pizzen und eine Hühnerbrühe. Die hat Margo heute Morgen frisch vorbeigebracht und die ist superlecker.«

Eigentlich wollte ich möglichst schnell wieder weiter, aber eine Hühnerbrühe klang verlockend, denn die Heizung in meinem Mietwagen war auch nicht die Beste.

»Okay, du hast mich von der Suppe überzeugt.«

»Einmal Hühnersuppe à la Margo, kommt sofort.«

Während er eine kleine Kochplatte anschaltete und einen Topf daraufstellte, in den er etwas aus einer großen Kanne hineingoss, sah ich mich im Café um.

»Nicht viel los hier«, meinte ich und deutete auf den leeren Raum.

»Es ist schon spät«, entgegnete Bob ungerührt. »Die meisten kommen morgens hier vorbei.« Er blickte aus dem Fenster. »Aber ich schätze, die nächsten Tage muss ich kein schlechtes Gewissen haben, wenn ich den Laden geschlossen lasse.«

»Ah, Weihnachtsferien, ja?«

»Sowas in der Art.«

»Mhm. Ich kann ja mit Weihnachten so gar nichts anfangen«, gestand ich.

Bob hob in einer bedauernden Mimik die Augenbrauen. »Das ist aber echt schade. Weihnachten ist doch wunderschön. Familie. Zusammensein.« Ein Lächeln stahl sich auf seine Lippen. »Liebe.«

Ich lachte trocken.

»Ja, klar. Mal ehrlich, das sind doch alles nur leere Phrasen, mit denen man den Leuten das Geld aus der

Tasche zieht. Ich muss es wissen, das ist mein Geschäft.«

»Oh, bist du der Weihnachtsmann, oder wie darf ich das verstehen?«

»Nein, ich habe eine Marketing-Agentur. Mein Job ist es, mit Bildern und Texten die Menschen zum Kauf bestimmter Produkte zu animieren. Und das kann ich ziemlich erfolgreich, wenn ich das mal so sagen darf. Bellows Creative Brands ist eine der erfolgreichsten Agenturen in Nordamerika.«

Kurz huschte so etwas wie Verunsicherung über Bobs Miene. Hatte ich zu dick aufgetragen? Aber ich gab ja nur die Fakten wieder.

»An Tagen wie heute geht mir dieses ganze Weihnachtsgetue einfach nur auf die Nerven. Alles geht schief und daran ist nur dieses tolle *Fest der Liebe* schuld.«

»Also, ich glaub ja nicht, dass Weihnachten was dafür kann.«

»Na klar. Der Schnee hat mit Weihnachten zu tun, die ausgebuchten Flüge, der Mangel an Mietwagen und die Tatsache, dass ein Großteil der Leute nicht arbeitet, sondern mit der Familie unterm Tannenbaum sitzt und Weihnachtlieder singt. Alles wegen Weihnachten. Und ich muss jetzt die Konsequenzen tragen. Ich hasse es.«

Er schenkte mir einen mitfühlenden Blick. »Wo willst du denn so dringend hin?«

»Ich bin unterwegs zu einem Geschäftstermin und der ist verdammt wichtig für mich. Er könnte sozusagen über die Zukunft meiner Firma entscheiden. Uns ganz nach vorne katapultieren.«

»Verstehe«, erwiderte Bob, obwohl er nicht so aussah, als ob er das tatsächlich tat. Aber was erwartete ich von jemandem, der sein Café Teegestöber nannte?

»Du wirkst verdammt jung für jemanden, der so eine große Firma leitet.«

Mit dieser Bemerkung reizte Bob mein Ego. »Ich mag jung sein, aber ich weiß, was ich will, und arbeite hart. Ich setze Prioritäten und bin fokussiert. Sowas zahlt sich aus. Mein Job ist das Wichtigste für mich. Ich habe meine Agentur innerhalb von fünf Jahren aus dem Nichts aufgebaut und mir einen Namen in der Branche gemacht. Das schafft man nicht so nebenbei.«

Bob schürzte die Lippen und nickte erneut.

»Und? Bist du glücklich damit?«

Es klang keine Wertung aus seiner Stimme heraus. Dennoch brachte mich diese Frage aus dem Konzept. Ich wollte schon den Mund öffnen und entschieden bejahen, doch etwas hielt mich ab. Die Antwort war … kompliziert.

Glück war Ansichtssache, oder nicht? Bellows Creative Brands war der Garant für umfassende Marketingkonzepte und wir würden dieses Jahr ein Plus von über fünfzehn Prozent erwirtschaften. Dabei war der Deal mit Greystone noch nicht mit eingerechnet. Ich musste also glücklich sein. Aber jemand wie Bob, der ein - zugegeben schönes, aber doch eher kleines – Café am Arsch der Welt führte, dürfte das vermutlich anders sehen. Wir waren grundverschieden. Auch wenn ich ihn gerade erst ein paar Minuten kannte, war ich doch überzeugt, das beurteilen zu können. Für ihn hatte Glück oder glücklich sein sicher nichts mit Umsatzzahlen und Bilanzen zu tun. Das Café hielt ihn vermutlich gerade so über Wasser, aber er sah ... zufrieden aus. Ja, er sah sogar glücklich aus. Und ein wenig beneidete ich ihn dafür.

»Ich weiß jedenfalls, wofür ich so hart arbeite«, antwortete ich, wohl wissend, dass ich damit der eigentlichen Frage auswich.

Natürlich nur, weil Bob meine Beweggründe nicht verstehen könnte. Nicht etwa, weil ich nicht glücklich war.

Bob lächelte lediglich und stellte den Teller mit der Suppe vor mich. »Guten Appetit.«

»Danke.« Ich war froh, durch die Suppe unser Gespräch erst einmal pausieren zu können. Ich musste mit ihm auch überhaupt nicht weiter über mein Geschäft reden. Wenn ich die Suppe gegessen hatte, würde ich weiterfahren. Ich brauchte eine Übernachtungsmöglichkeit. Und ich musste versuchen, Greystone noch zu erreichen, für den Fall, dass Shelley damit keinen Erfolg mehr gehabt hatte. Später. Jetzt würde ich erst einmal essen und versuchen, diese schlichte Mahlzeit auch zu genießen.

Margos Hühnersuppe war wirklich eine Delikatesse. Ich hatte selten so eine leckere und gehaltvolle Brühe gegessen.

»Sie schlachtet ihre Hühner selbst«, erklärte Bob. »Genauso wie die Enten und Gänse. Immer vor Weihnachten. Es mag ein kleiner Trost sein, dass sie zuvor ein megatolles Leben hatten, aber mir tun sie trotzdem immer leid.«

»Tja, so ist es aber überall im Leben. Fressen und gefressen werden.«

Er verzog das Gesicht. »Ich hoffe, dass das nicht den Sinn des Lebens für dich ausmacht.«

Ich lachte leise und schüttelte den Kopf, eine Antwort war es jedoch nicht.

»Ich denke, der Sinn des Lebens liegt darin, glücklich zu sein und anderen Glück zu schenken. Jeden Moment zu genießen und ... zu lieben.«

Da hatte jemand aber eine sehr romantische Vorstellung vom Leben.

»Mag sein, dass das hier funktioniert, aber da, wo ich herkomme, zählt nur Leistung und sonst nichts.«

Er neigte den Kopf zur Seite und musterte mich einen Moment nachdenklich. »Ich glaube, das funktioniert überall auf der Welt. Man muss es eben wollen.«

Das sah ich völlig anders, aber es machte wohl keinen Sinn, mit ihm darüber zu diskutieren. Zumal ich ihn vermutlich nie im Leben wiedersehen würde, sobald ich meine Reise fortsetzte. Also zog ich es vor, das Thema zu wechseln.

»Ich war grad drüben in der Tankstelle, aber da sitzt nur so ein kleiner Junge.«

»Billy«, erklärte der Mann. »Er ist Toms Sohn. Wenn Tom mit dem Schneeschieber raus muss, setzt er Billy hinter die Kasse, damit er abkassieren und die Zapfsäule wieder zurücksetzen kann. Aber er hat ihm verboten, mit Fremden zu sprechen.«

»Ah, das erklärt natürlich einiges.«

Bob schmunzelte. »Wieso? Gab es Probleme bei der Bezahlung?«

»Nein, das nicht. Aber ich wollte von ihm wissen, wie weit es noch bis Dawson ist und irgendwie konnte er mir das nicht sagen.«

Jetzt runzelte mein Gegenüber die Stirn.

»Du willst nach Dawson?«

»Ja, ich hab dort morgen einen Termin. Der Typ im Schneeräumfahrzeug, ich denke das war wohl Tom, meinte, ich wäre in etwa zehn Minuten da, aber jetzt bin ich erst mal hier gelandet.«

Ein Grinsen schlich sich auf Bobs Gesicht. Es wirkte fast ein wenig verlegen und malte hübsche Grübchen in seine Wangen. Tja, wie gesagt, wenn ich nicht so in Eile wäre und die Umstände andere ... Er war ziemlich sexy. Ich spürte dem leichten Flattern in meinem Bauch nach und genoss es, mich nach all den Ärgernissen der letzten Stunden ein wenig zu entspannen.

»Na ja, du bist in Dawson.«

Das wohlige Gefühl verflüchtigte sich. »Was meinst du damit? Das hier ist nicht Dawson.«

Verlegen kratzte er sich im Nacken und musterte mich mit nun deutlich entschuldigendem Lächeln.

»Ähm, doch, ist es. Nur eben nicht Dawson City, sondern Dawson Creek.«

Kurz wurde mir schwummrig vor den Augen, ehe ich den Blick wieder auf Bob fixieren konnte.

»Was willst du damit sagen?« Meine Stimme klang dünn und kratzig.

»Ist nicht das erste Mal, dass sowas passiert. Meist sind alte Navis das Problem, die keine Updates bekommen.«

So wie die von einer unzuverlässigen Autovermietung zum Beispiel.

»Der Ort hier heißt auch Dawson. Normalerweise finden die Navis sofort Dawson City, weil wir viel zu klein sind, um in den Karten aufgelistet zu sein. Wir haben gerade mal zwölf Häuser, davon ist eins mein Café, eins die Tankstelle und eins ein Gemischtwarenladen. Eigentlich sind wir nur eine Art Sammelpunkt für Leute, die in den Denali Nationalpark wollen. Vor ein paar Jahren gab es aber wohl irgendeinen Systemfehler bei einigen Navigationsgeräten und plötzlich wurden wir regelrecht überrannt von Leuten, die fehlgeleitet worden sind. Ich meine, für uns war das cool. Der Tourismus hat geboomt und der Denali ist seitdem bekannter denn je. Aber er taugt eben eher für die warme Saison. Darum ist er nur von Mitte Mai bis Mitte September geöffnet. In der Zeit machen auch wir hier das meiste Geschäft. Tja, den Winter hier muss man mögen, um ihn auszuhalten. Durchschnittliche Touristen haben es nicht so mit bis zu Minus 21 Grad.«

Ich zählte mich spontan auch zu den durchschnittlichen Leuten, denn ich bevorzugte Sonne, Strand und Meer, aber das war jetzt irrelevant.

»Aber auch diese Monate haben ihren Charme. Dann ist es hier ruhiger und wir genießen das alle. Jedenfalls haben wir damals direkt bei der Herstellerfirma Bescheid gegeben und die hat sofort Updates rausgegeben, so dass wir wieder ganz hinten in die Auswahl gerutscht sind, aber na ja ... wer die Updates nicht gezogen hat, der hat das Problem eben immer noch.«

Mir verschlug es die Sprache. Ich war ... am Arsch. Am Arsch der Welt und auch, was meinen Termin anging. So ein verdammter Mist.

»Tut mir leid, Mann. Ich will nicht sagen, dass du in die entgegengesetzte Richtung gefahren bist, aber ... na ja, irgendwie eben genau das.«

»Oh Gott, was mach ich denn jetzt?«

Bob zuckte mit den Schultern. »Das Vernünftigste wäre wohl, wenn du dir eine Übernachtungsmöglichkeit suchst. Leider haben die wenigen Hotels und Pensionen hier nur während der Saison geöffnet. Aber du könntest bis Eklutna weiterfahren, vielleicht hast du Glück. Einige der Bewohner dort vermieten Zimmer. Das sind etwa fünfundzwanzig Meilen von hier. Bei dem Wetter allerdings ...«

Die Tür ging auf und ein eisiger Windstoß wehte jede Mengen Schneeflocken herein. Der Schneesturm hatte auf jeden Fall zugelegt, was auch der Mann, der eintrat und den ich als den Fahrer des Schneeschiebers erkannte, bestätigte.

»So eine verdammte Scheiße! Dieser Drecks-Blizzard. Hat sich schon wieder eine Lawine gelöst. Die Straße ist dicht. Hier kommt kein Floh mehr rein oder raus.«

Bei seinen Worten wurde mir eiskalt und speiübel. Just in dem Moment bemerkte er mich, kam zu mir und klopfte mir auf die Schulter. »Mann, hattest du ein Glück. Wenn die dich erwischt hätte, wärst du jetzt mausetot.«

Glück?! Als Glück würde ich das nicht bezeichnen.

»Tja, damit hätte sich die Überlegung mit Eklutna wohl erledigt«, meinte Bob.

»Eklutna?«, fragte Tom und lachte trocken. »In zwei oder drei Tagen vielleicht. Wenn wir Glück haben. Ich hab versucht, in der Stadt anzurufen, aber du kennst das ja, Doc.«

Bob nickte und ich hatte eine böse Ahnung, was damit gemeint war, schob es aber noch entschieden von mir.

»Das Telefonnetz ist genauso tot wie die Funkverbindungen«, bestätigte Bob leider meine schlimmsten Befürchtungen.

»Du kannst nicht zufällig ...?« Tom kratzte sich am Bart.

»Kein Problem«, meinte Bob. »Ich setz einen Notruf von der Ranger-Station ab. Muss ja eh da hoch. Aber das wird bis morgen dauern. Heute Nacht geh ich nicht mehr da rauf.«

Tom winkte ab. »Morgen ist perfekt. Vor Montag werden die eh nicht kommen. Danke Doc, auf dich kann man sich eben echt verlassen.«

Montag?! Ich hatte das Gefühl, als würde Margos Hühnersuppe gleich wieder einen Weg nach draußen suchen.

»Verdammt, was soll ich denn jetzt machen?«, fragte ich und spürte, wie Panik mir die Brust zusammenschnürte.

Bob schob nachdenklich die Unterlippe vor. »Gar nichts.«

»Gar nichts?« Meine Stimme klang auf peinliche Art und Weise piepsig. Wie sollte ich gar nichts tun? Die Greystones warteten auf mich. Da hing ein Millionengeschäft dran. Und ich war hier gefangen. Abgeschnitten von der Außenwelt. Konnte mit niemandem Kontakt aufnehmen, geschweige denn, entkommen. Ich fühlte mich in einer Falle.

»Na ja, du könntest dir eine Schaufel nehmen und versuchen, die Lawine per Hand abzutragen, aber das wäre ziemlich anstrengend. Und schneller kommst du davon auch nicht weg, denn es würde vermutlich Tage dauern, weil immer wieder Schnee nachrutscht. Wir kennen das schon. Passiert hier nicht zum ersten Mal. In drei oder vier Tagen werden die Rettungskräfte aus Healy die Straße wieder freigeräumt haben. Die sind für den Denali Nationalpark und die umgebenden Ortschaften verantwortlich. Aber die müssen halt auch warten, bis der Blizzard vorbei ist. Wenn es natürlich so schlimm ist wie vor drei Jahren, dann werden die sich Unterstützung aus Paxson holen müssen. Das kann dann bis zu einer Woche dauern.«

Eine Woche? Ich sah mich schon tiefgefroren auf einer Bank im Nationalpark sitzen, während irgendjemand anderer das Geschäft mit Greystone abschloss.

»Du kannst es sowieso nicht ändern. Also warum nimmst du die Situation nicht einfach hin und entspannst dich ein wenig. Täte dir gut, du wirkst nämlich echt gestresst, seit du durch meine Tür gekommen bist. Sowas ist nicht gesund.«

»Ich bin nicht gestresst«, fuhr ich Bob an. Dass meine pochende Halsschlagader meine Worte Lügen strafte, ignorierte ich gekonnt.

»Trink erst mal einen Tee«, schlug Bob vor. »Kaffee ist momentan glaub ich nicht das Richtige für dich. Melisse mit Verbene und Zitronengras. Das beruhigt.«

Ich wollte keinen Tee. Ich wollte auch keinen Kaffee. Ich wollte hier weg!

Bob schob die Unterlippe vor. »Also, da du ja irgendwo schlafen musst ... ich hab oben ein Zimmer. Nichts Luxuriöses, aber zum Schlafen reicht es. Und morgen früh bekommst du einen Gratis-Kaffee. Was meinst du? Ist jedenfalls besser als im Auto zu schlafen.«

Hatte ich eine andere Wahl?

Bob stellte den besagten Tee vor mir ab und ich griff wie ferngesteuert danach. All meine Ziele, all meine Pläne gingen gerade den Bach runter. Wenn ich das Geschäft mit Greystone verlor, waren all die Mühen der letzten Jahre für die Katz gewesen.

***

Ich fühlte mich noch immer regelrecht benommen, als ich Bob eine knappe Stunde später nach oben folgte. Vermutlich sollte ich dankbar sein, dass er mir einen Platz für die Nacht angeboten hatte, aber ich konnte nur daran denken, in welcher Misere ich steckte.

Das Zimmer über dem Café war wirklich klein. Das Bett nahm fast den gesamten Raum ein und es war kein Kingsize-Modell. In einer Ecke stand noch ein Kleiderschrank und in einer anderen ein kleines Bücherregal.

»Wenn du heute Nacht Durst bekommen solltest oder aufs Klo musst, hier nebenan ist rechts die Küche und links das Badezimmer.«

Mit *nebenan* meinte Bob einen schmalen Gang, von dem zwei weitere Räume abgingen. In der Küche gab es eine Spüle, einen Minikühlschrank und einen Herd mit zwei Kochfeldern. Es gab weder Tisch noch Stühle, dafür wäre auch gar kein Platz gewesen. Das Bad hatte eine Dusche, ein WC und ein Waschbecken, über dem ein Spiegel hing. Jedes Hotelzimmer war sanitär großzügiger ausgestattet, aber für diese Nacht würde es gehen.

»So, dann ...« Bob rieb seine Hände aneinander und sah mich mit einem Mal leicht verunsichert an. »Willst du zuerst ins Bad?«

Ich stutzte. »Wie jetzt? Zuerst?«

Er runzelte die Stirn. »Na ja, zusammen wär vielleicht ein bisschen … ich meine, es ist ganz schön eng da drin und wir kennen uns ja nicht.«

»Ähm … das heißt, du … schläfst auch hier?«

»Klar, wo denn sonst? Das ist meine Wohnung, wenn ich hier unten in Dawson bin.«

Fuck! Ich hatte gedacht, es wäre so eine Art Fremdenzimmer, dabei hatte er mir angeboten, bei *ihm* zu übernachten. Oh mein Gott. Und da es hier nicht mal ein Sofa zum Ausweichen gab, sondern nur das eine Bett … Die Alternative wären eventuell ein paar zusammengeschobene Stühle unten im Café, aber ich bezweifelte, dass es sich darin bequem schlafen ließ.

Meine Kehle wurde eng. Nicht, dass es mir unangenehm wäre, mit Bob in einem Bett zu schlafen. Ich meinte, natürlich war es mir unangenehm, aber nicht, weil er mir unangenehm wäre, sondern weil die Situation einfach so … und weil ich eben … und weil er …

Ich schlug die Hände vors Gesicht und rieb mir darüber.

»Alles okay?«, fragte er und klang besorgt.

»Was? Ja. Ja, alles okay, es ist nur …« Ich lachte hilflos und wusste nicht, was ich sagen sollte.

»Es fühlt sich komisch an, dass wir uns vor zwei Stunden noch nicht kannten und jetzt nebeneinander in dem schmalen Bett schlafen sollen«, fasste Bob treffend zusammen.

Ich stieß hörbar den Atem aus. »Ja, das ist es. Das hat aber nichts mit dir zu tun.«

Meine Versicherung ließ ihn lachen. »Danke, das kittet gerade so den Knacks in meinem Ego. Na komm schon, es wird nicht das erste Mal sein, dass du mit einem Wildfremden im Bett landest, oder?«

Ich blinzelte verdutzt, Bob aber zwinkerte nur und ging dann zum Schrank, um eine zweite Decke zu holen. »Für dein Schamgefühl«, erklärte er belustigt.

Okay, fasste man es zusammen, hatte er sowohl meine Blicke zu ihm vorhin entsprechend gedeutet und augenscheinlich dennoch kein Problem damit, sein Bett mit mir zu teilen. Aber warum auch? Wir waren zwei erwachsene Männer und es würde rein gar nichts passieren. Außer wir wollten es. Was unwahrscheinlich war, allein schon, weil ich nervlich gerade vieles, aber nicht in der Stimmung für Sex war. Und bei ihm war ich mir auch nicht sicher, wie er letztlich dazu stand.

Um nicht weiter darüber nachzugrübeln, nahm ich sein Angebot an, als Erster ins Bad zu gehen. Ich beeilte mich mit einer Katzenwäsche, Zähneputzen und Toilettengang. Als ich zurück ins Schlafzimmer kam, stand eine Flasche Wasser neben jeder Bettseite, was irgendwie rührend war.

»Du kannst dir die Seite gerne aussuchen.«

»Auf welcher Seite schläfst du normalerweise?« Ich würde ihm ganz sicher nicht auch noch seine bevorzugte Schlafseite streitig machen.

Wieder schmunzelte Bob. »Wie du siehst, ist das Bett nicht wirklich für zwei Personen gedacht. Jedenfalls nicht auf Dauer. Von daher gibt es eigentlich keine *Seite*. Und ich kann so ziemlich überall schlafen.«

Ich entschied mich für die Seite, die näher Richtung Toilette lag. So würde ich ihn hoffentlich nicht aufwecken, falls ich nachts noch mal raus musste.

Bob kommentiere meine Wahl nicht, sondern ging lächelnd zur anderen Seite und schlüpfte unter die Decke.

»Ich wünsche dir eine gute Nacht. Stups mich einfach an, wenn ich schnarche.«

Damit löschte er das Licht und … drehte sich auf die Seite. Mit dem Gesicht zu mir. Ein leichtes Kribbeln lief durch meinen Körper, weil ich mich dadurch irgendwie beobachtet fühlte. Vorsichtig schielte ich zu ihm rüber, doch kein Schimmern in der Dunkelheit, das darauf hingewiesen hätte, dass seine Augen noch offen waren.

Ich lag so stocksteif in diesem Bett wie noch nie zuvor in meinem Leben und wagte nicht, mich zu bewegen aus Angst, Bob dabei zufällig zu berühren. In meinem Kopf wirbelten die Gedanken durcheinander, aber wie sehr ich auch grübelte, ich fand keine Lösung. Weder für meine Schlafsituation noch für das Problem, hier festzusitzen. Außerdem war mir Bobs Nähe überdeutlich bewusst. Sein ruhiger, gleichmäßiger Atem, der mir zeigte, dass er keine Probleme mit dem Einschlafen gehabt hatte. Sein Duft, der mir unablässig in die Nase stieg und mehr und mehr die Sehnsucht in mir weckte, mich einfach an ihn zu kuscheln. Und zuletzt seine Wärme, dich mich einlullte und schließlich doch in den Schlaf hinübergleiten ließ.

***

Als ich am nächsten Morgen aufwachte, wusste ich im ersten Moment nicht, wo ich war. Aber Bobs Anblick brachte sofort sämtliche Erinnerungen an meine

Misere zurück. Er lag noch immer auf der Seite, ich nun allerdings auch. Und mir fiel auf, dass wir unter derselben Decke lagen. In meinem Hals bildete sich ein kleiner Kloß, aber als ich mich leise zu räuspern versuchte, weckte das Geräusch meinen Gastgeber auf.

Verschlafen blinzelte er mir entgegen und ... lächelte. Himmel, wir lagen so verdammt nah beieinander. Ich konnte seine Wärme noch deutlicher spüren als beim Einschlafen. Fast als würden wir uns schon berühren. Und ich wollte ihn so gern berühren. Ohne mein bewusstes Zutun zuckte meine Hand nach vorn. Meine Finger strichen über Bobs Unterarm, der nur halb unter der Decke lag, weil er die Hand unter seine Wange geschoben hatte. Er schielte nach unten, wo die Decke mein Tun zwar verbarg, aber für einen Zufall konnte er das trotzdem nicht halten. War es einfach nicht.

Ich hielt den Atem an, wartete, wie er reagieren würde. Ich musste verrückt sein, das zu tun. Doch Bob überraschte mich, indem er die Geste bei mir mit der anderen Hand erwiderte und sogar ein Stück weiterging, indem seine Finger meinen gesamten Arm hinaufstreichelten, sein Daumen über mein Schlüsselbein glitt und von dort tiefer bis zu meiner Brustwarze, die sich unter der Berührung sofort aufstellte, obwohl ich ein T-Shirt trug. Mir entfuhr ein Keuchen. Ich beugte mich näher zu ihm, zu seinem Mund, um ...

»Sorry, ist nicht so meins«, sagte er unvermittelt und rückte von mir ab. Das sinnliche Kribbeln verebbte schlagartig.

»Ähm. Okay. Klar.« Was sollte ich auch sonst sagen?

Bob krabbelte aus dem Bett, um sofort im Bad zu verschwinden. Ich blieb ratlos und auch ein wenig beschämt zurück. Was hatte ich mir nur dabei gedacht?

Als er zurück ins Schlafzimmer kam, grinste er zwar wieder, machte aber keine Anstalten, wieder ins Bett zurückzukommen. Ich würde garantiert auch nicht danach fragen. Also ging ich ebenfalls ins Bad und anschließend runter ins Café, wo Bob bereits damit beschäftigt war, Frühstück für uns beide zuzubereiten.

Verlegen setzte ich mich wieder auf den Hocker, den ich schon gestern Abend erobert hatte.

»Tut mir leid wegen eben.«

»Muss es nicht«, meinte er leichthin. »War doch schön, oder?«

Ich runzelte die Stirn. Für *schön* war er aber ziemlich schnell abgehauen.

»Na ja, irgendwie hatte ich nicht den Eindruck. Oder magst du nur einfach keine Küsse.«

Überrascht schielte er über die Schulter zu mir, während er Milchschaum auf zwei Tassen verteilte.

»Ich liebe Küssen. Nur eben nicht so mit Morgenatem. Vor dem Zähneputzen. Das meinte ich, als ich sagte, es ist nicht so meins. Da bin ich etwas eigen.«

Ich stutzte. Das war alles?

Während ich noch versuchte, die Information zu verarbeiten, beugte sich Bob kurzerhand über den Tresen, fasste mich im Nacken und zog mich für einen Kuss zu sich heran. Ein kurzer, unschuldiger Kuss, der mir dennoch den Atem raubte und erst recht jedes Denken für mehrere Sekunden komplett ausschaltete. Was passierte hier gerade? Wir waren immer noch Fremde, aber verflucht, es fühlte sich nicht so an.

Bob zog sich zurück, um sich weiter ums Frühstück zu kümmern, schielte aber zu mir rüber.

»Du wirst doch gemerkt haben, dass ich deine Blicke durchaus erwidert habe. Also, um keine Missverständnisse aufkommen zu lassen, ja, ich steh auch auf Kerle, ich bin Single, ich finde dich interessant und ich glaube an Wunder und Schicksal. Besonders an Weihnachten. Außerdem tatest du mir gestern mächtig leid, wie du so gestresst und verloren auf dem Hocker gesessen hast, weil du deinen Termin verpasst. Ist wohl mein Helfersyndrom, aber ich kann dich unmöglich damit allein lassen, also kümmere ich mich jetzt um dich, bis die Straßen wieder frei sind. Ist das in deinem Sinne, oder möchtest du lieber, dass ich dich in Ruhe lasse?«

Ich war kurz sprachlos, weil seine direkte Art mich überrumpelte. In einem Club war jedem schnell klar, worum es ging. Da reichten wenige Sätze und man hatte geklärt, ob Interesse an einer heißen Nummer bestand oder nicht. An einem Ort wie diesem hätte ich nicht damit gerechnet. Aber aus welchem Grund sollte er für diese Art von klaren Verhältnissen sorgen, wenn nicht als eine Art Angebot? Oder worum ging es ihm? Wir wussten beide, dass ich in ein paar Tagen wieder weg sein und dieses Dawson wohl im Leben nicht mehr besuchen würde. Ein *ich würde dich gerne näher kennenlernen* stand da eher nicht zur Debatte. Und wäre für mich auch undenkbar. Gar nicht mit meinem Leben vereinbar. Aber vielleicht meinte er mit kümmern ja wirklich nur kümmern. Nur, dann hätte er mir nicht sagen brauchen, dass er Single war und auf Kerle stand.

»Meine Güte, dir steigen gleich Rauchwolken aus dem Kopf, so sehr bist du mit Denken beschäftigt«, spottete

Bob und stellte einen Latte Macchiato vor mich. Genau wie gestern beugte er sich dabei über den Tresen nah zu mir, nur dass er mich dieses Mal erneut küsste. So wie schon ein paar Minuten zuvor. Aber tiefer diesmal. Inniger. Mit einer ersten zaghaften Berührung seiner Zungenspitze, die wie ein Stromschlag durch meinen Körper schoss. »Warum lebst du nicht einfach mal den Moment?«, fragte er sanft. »Dir bleibt doch sowieso nichts anderes übrig. Und ich glaube, es täte dir wirklich gut. Lass alles los und genieß die kleine Auszeit, die das Schicksal dir zu Weihnachten schenkt.«

Wenn er das sagte, klang es so leicht und so verdammt logisch.

»Ist es das, was du tust? Immer den Moment leben?« Meine Stimme klang eindeutig zu kratzig. War ja aber auch noch früh am Morgen.

Ein Hauch von Wehmut huschte über Bobs Züge. »Na ja, das Leben ist kurz. Es kann verdammt schnell vorbei sein. Also denke ich, wir sollten genießen, was es uns gibt und nicht irgendwelchen Dingen hinterherjagen, die uns nicht glücklich machen. Und die wir eh nicht beeinflussen können.«

Ich spürte, dass sich hinter diesen Worten mehr verbarg, als es den Anschein hatte.

»Machst du das also oft? Typen in Not, die hier bei dir festsitzen, ein Bett zum Schlafen anbieten?« Und mehr.

Er lachte, aber es klang noch immer traurig. »Weiß ich nicht. Du bist der erste Typ in Not, der hier bei mir festsitzt.«

Wich er meiner eigentlichen Frage damit aus? Ich wurde nicht recht schlau aus Bob. Aber er faszinierte mich. Seine Ruhe faszinierte mich, vor allem, weil sie begann, sich auf mich zu übertragen. Er hatte recht, ich konnte gerade nicht ändern, dass ich hier festsaß. Also warum nicht das Beste daraus machen? Was auch immer das sein sollte. Noch war alles offen und hey, er war durchaus attraktiv und offenbar auch nicht völlig abgeneigt. Eine kleine Entschädigung für meine Unannehmlichkeit.

Ich beobachtete ihn, wie er unser Frühstück zubereitete. Es duftete nach gebackenen Eiern mit Kräutern und Toast. Zum Schluss machte er noch ein paar Pancakes mit Ahornsirup.

»Sieht lecker aus«, meinte ich, als er meinen Teller vor mir abstellte.

»Dann lass es dir schmecken. Du wirst Kraft brauchen für den Aufstieg.«

Fast wäre mir die erste Gabel im Hals stecken geblieben. »Was meinst du mit Aufstieg?«

»Ich hab dir doch gesagt, dass ich hier für ein paar Tage schließe. Ich will hoch auf den Berg zu meiner Familie und auf dem Weg dahin noch bei der Ranger-Station vorbei, um den Notruf abzusetzen.«

»Okay. Und wie weit müssen wir nach oben?«

»Ziemlich weit. Und nach dem Schneefall gestern wird das sicher anstrengend.«

Er kam mit seinem Teller um die Theke herum, um sich neben mich zu setzen. Ein Schmunzeln lag unablässig auf seinen Lippen.

»Nun gerate nicht gleich in Panik. Wir hatten doch gerade besprochen, dass man annehmen sollte, was das Leben einem bietet. Sieh es als eine einmalige Erfahrung, die du so nie wieder machen wirst.«

»Weil ich gleich beim ersten Versuch krepiere?«

Bob schob halb beleidigt, halb amüsiert die Unterlippe vor. »Nein, ich pass schon auf dich auf.«

Ich blieb skeptisch, ließ mir aber von der Aussicht auf eine Schneewanderung nicht den Appetit verderben.

»Wenn ich das richtig verstanden habe, bist du auch allein, weil du mit deinem Job verheiratet bist«, griff er den Faden von gestern wieder auf.

»Ja, das kann ich wohl nicht leugnen. Eine Beziehung würde bei allem, was ich um die Ohren habe, auf der Strecke bleiben. Das wäre niemandem gegenüber fair.«

»Mhm!? Solltest du das nicht eher diesem *Niemand* überlassen, ob er es so sehen würde? Es gibt immer einen Weg, wenn man nur will.«

Ich schüttelte lachend den Kopf. »Ich denke, da kannst du nicht wirklich mitreden.«

»Ach. Und warum nicht?«

Er klang ein wenig beleidigt und das tat mir leid. »Ist nicht böse gemeint, aber man kann dein Leben hier...« Ich umschrieb das Café mit einer großzügigen Geste. »... nicht mit meinem Job vergleichen. Das ist etwas völlig anderes. In Los Angeles laufen die Dinge ein bisschen anders als in Dawson Creek. Ich musste Entscheidungen treffen, um dahin zu kommen, wo ich heute bin, und das habe ich getan.«

Er stocherte in seinem Omelette herum. »Bereust du sie manchmal?«, wollte er wissen. »Deine Entscheidungen.«

Ich wollte schon den Kopf schütteln, hielt dann aber inne und dachte einen Moment nach. »Man muss im Leben manchmal Opfer bringen, das gehört dazu. Ich bin nicht unglücklich.«

»Aber ziemlich einsam.«

Ich runzelte die Stirn. Worauf wollte er hinaus?

»Wenn ich einen Fick brauche, gibt es in Los Angeles genug Clubs. Und nimm es mir nicht übel, aber du dürftest hier einsamer sein als ich in L.A., oder?«

Er sah auf und kurz wirkte sein Blick verletzt, dann jedoch lächelte er schon wieder. »Ich bin nicht einsam, ich bin lediglich Single. Das ist ein Unterschied. Ich gebe zu, ich habe keine Clubs für einen schnellen Fick, aber willst du behaupten, dass die gegen Einsamkeit helfen? Im Grunde machen sie es doch nur schlimmer. Machen es deutlicher, dass man eigentlich niemanden hat. Und du wirkst genau so.«

Ich schluckte, wollte über seine Worte wütend sein und konnte es nicht, weil er leider den Nagel ziemlich genau auf den Kopf traf. Jedes verdammte Mal, wenn ich aus einem Club – oder einer fremden Wohnung – wieder nach Hause kam, fühlte ich mich leerer und einsamer als zuvor. Trotzdem brauchte ich den Druckabbau hin und wieder, um wenigstens für ein paar Stunden das Gefühl zu haben ... Ja was? Gehalten zu werden? Geliebt konnte man das wohl nicht nennen.

»Wie wirke ich denn?« gab ich bissig zurück, weil mir nicht schmeckte, wie gut mich Bob in den wenigen Stunden, die wir uns kannten, durchschaute.

»Du wirkst gestresst, einsam, verloren.«

»Nicht schwer, wenn man im Niemandsland festsitzt und keinen Kontakt zur Außenwelt hat. Da *ist* man verloren.«

Die Worte sollten verletzend klingen, obwohl mir klar war, dass Bob rein gar nichts für meine Situation konnte. Aber er hielt mir einen Spiegel vor, in den ich nicht schauen wollte.

»Es kommt nicht darauf an, wo man ist, sondern mit wem man dort ist. Und es kommt auch nicht darauf an, was man auf dem Bankkonto hat, sondern, wie reich man hier drinnen ist.«

Er deutete auf sein Herz. Wieder lag in seinem Lächeln und in seinen wunderschönen Augen diese Traurigkeit, die ich meinte, körperlich spüren zu können und die wie ein Kloß in meiner Kehle saß.

»Was bist du? Ein Priester oder ein Therapeut?«

Er schüttelte den Kopf. »Weder noch. Ich hab nur viel nachgedacht in meinem Leben. Vor allem in den letzten Jahren. Und ich sehe dich an und ... Ach, vergiss es. Es geht mich nichts an.«

Da hatte er verdammt recht. Trotzdem hätte ich gerne gewusst, was er hatte sagen wollen.

»Bist du fertig?« Er deutete auf meinen Teller, auf dem nur noch ein letzter Pancake lag. Ich piekte ihn mit der Gabel auf und nickte kauend.

»Fein, dann mach ich uns ein bisschen Proviant fertig und dann sollten wir aufbrechen.«

***

Ich hatte keine Ahnung, was auf mich zukam, aber ich war gewillt, mich an Bobs Rat zu halten und zu nehmen, was das Leben mir gerade anbot. Ich würde es ihm nicht sagen, aber er hatte mit allem, was er vorhin beim Frühstück gesagt hatte, recht. Ich war gestresst, weil ich seit fünf Jahren für meinen Traum kämpfte und alles dahinter zurückstellte. Wenn etwas nicht so lief wie geplant, bekam ich Panik, Herzrasen, Kopfweh, Magenschmerzen. Gesund war das nicht. Das wusste ich. Ich nahm Tabletten zum Wachwerden und welche zum Einschlafen. Und manchmal nahm ich auch welche, um für ein paar Stunden zu vergessen.

Man musste Opfer bringen, das hatte ich gelernt und war bereit dazu, dennoch gab es Momente, in denen ich vor Verzweiflung laut schreien wollte. Außerdem *war* ich einsam. Einsamer noch als Bob denken mochte. Es ging nicht nur um eine Beziehung, die ich ganz bewusst für mich ausgeschlossen hatte, solange mein Leben sich um den Job drehte. Es ging auch um meine Familie, in der sich immer schon jeder nur um sich gekümmert hatte. Wenn man beachtet werden wollte, musste man es sich mit Leistung verdienen, und zwar nicht mit dem Durchschnitt, sondern schon mit etwas Großem, Herausragendem. Liebe hatte man mit teuren Geschenken gezeigt, aber echtes Interesse aneinander gab es nicht. Es hatte eine Ewigkeit gedauert, bis meine Eltern überhaupt kapiert hatten, dass ich auf Männer stand. Als sie die Augen davor nicht mehr verschließen konnte, hatten sie mit Unverständnis reagiert und es als Phase abgetan. Heute wurde das Thema schlicht totgeschwiegen, was mir wiederum leichtfiel, da ich mit ihnen ohnehin nicht über mein Privatleben redete.

»Okay, dann wollen wir mal los.«

Etwas verständnislos blickte ich auf die Stiefel und das Paar Schneeschuhe, die Bob mir hinhielt.

»Probier mal, die Stiefel müssten deine Größe sein.«

»Was soll ich damit und was meinst du mit los?«

»Na ja, ich mach das Café bis Neujahr zu. Ich komme zwar am 28. Dezember noch mal hier runter, aber in der Regel verbringe ich die Zeit zwischen den Jahren oben in den Bergen. Und da ich nicht denke, dass du allein hierbleiben willst, nehm ich dich einfach mit. Hatten wir ja praktisch so besprochen beim Frühstück.«

Mehr oder weniger wohl schon.

»Und warum soll ich die da anziehen?«

»Weil ich keine Lust habe, dir auf halbem Weg die Zehen zu amputieren, wenn sie einfrieren. Deine Stadtstiefelchen taugen nichts für eine Wanderung durch Alaskas Wildnis, glaub mir. Also wirst du die hier tragen. Und da es eine Menge Neuschnee gab, brauchen wir Schneeschuhe, weil wir sonst so tief einsinken, dass wir uns ausgraben müssen. Falls wir das dann überhaupt noch schaffen.«

Tolle Aussichten.

»Was wird deine Familie denn sagen, wenn du einen Wildfremden mit da hoch bringst?«

Bob zuckte mit den Schultern. »Nichts. Sie werden dich neugierig beäugen und mit Fragen löchern, aber vor allem werden sie dich herzlich aufnehmen, nachdem ich ihnen erzählt habe, dass du festsitzt und ich mich um dich kümmere, bis du weiterfahren kannst. Mach dir keine Sorgen, wir haben genug Zimmer da oben. Und ich glaub, es wird dir nicht schaden, mal ein paar Tage abzuschalten. Zwangsweise sozusagen.«

Mir entkam ein bitteres Lachen. »Du hast schon mitbekommen, dass womöglich meine gesamte Existenz in Gefahr ist?« So ganz konnte ich das eben doch noch nicht ausblenden.

Er winkte ab. »So schlimm wird es schon nicht werden. Das ist höhere Gewalt. Du kannst deinen Geschäftspartnern das sicher erklären, wenn die Straßen wieder frei sind, und dann findet der Termin eben einfach später statt.«

Als ob das so einfach wäre. Aber da ich keine Wahl hatte und tatsächlich nicht die Absicht, allein hier unten zu warten, bis die Straße wieder frei war, schnappte ich mir diese komischen Schneeschuhe und die Stiefel und folgte Bob wenig später nach draußen.

»Drücken sie irgendwo?«, erkundigte sich Bob fürsorglich.

»Nein, die Stiefel passen tatsächlich perfekt.« Und waren angenehm warm gefüttert. Mit meinen Lederschuhen hätte ich es sicher nicht auf den Berg geschafft, aber ich hatte ja auch nie vorgehabt, eine Schneewanderung zu machen oder einen Gipfel zu stürmen.

»Was mache ich mit meinen Sachen?«

»Das meiste kannst du einfach im Auto lassen. Geklaut wird hier nichts. Pack einfach das, was du dringend brauchst, in den Rucksack hier. Aber denk dran, dass du ihn bis dort hoch schleppen musst.«

Er deutete auf einen schneeverhangenen und mit dunklen Nadelbäumen bewachsenen Berghang, der verdammt weit in den Himmel ragte. Ich wollte nicht wissen, wie hoch das Ding war, und auch nicht, bis auf welche Höhe wir steigen mussten.

»Wir laufen bis zur Ranger-Station, damit ich den Notruf absetzen kann. Erst danach gehen wir weiter bis zur Hütte. Ich denke, dass wir am späten Nachmittag ankommen.«

Ich musste schlucken. »Das sind Stunden!«

Bob drehte sich lachend zu mir um. »Ja, in der Regel schon.«

»Gibt es hier keine Schneemobile oder sowas in der Art?«

»Die gibt es schon, nur wirst du mit denen nicht weit kommen. Das Gelände ist dafür einfach nicht geeignet. Nicht nach so einem Blizzard.« Er klopfte mir ob meines entsetzten Gesichtsausdruckes ermutigend auf die Schulter. »Ich pass schon auf dich auf. Du wirst sehen, wie gut so eine Wanderung in der frischen Bergluft ist. Und oben wartet sicher heißer Punsch und Kuchen auf uns.«

»Wer wohnt da oben?«, wollte ich wissen.

»Meine Familie, das sagte ich doch«, antwortete Bob und ein Schatten huschte dabei über sein Gesicht, den ich nicht recht einordnen konnte.

***

Die ersten Kilometer liefen wir noch ohne Schneeschuhe, doch dann begann der Aufstieg und ohne diese breiten, unhandlichen Dinger wäre man hier keinen Meter weit gekommen. Auch mit ihnen sank ich alle paar Schritte ein wenig ein. Bob kein bisschen. Da schien es also eine Technik zu geben. Ich beobachtete seinen Laufstil und versuchte, mich ihm anzupassen, wodurch es allmählich besser wurde. Trotzdem war ich solche Anstrengungen nicht gewohnt. Ich ging regelmäßig Joggen und ins Fitness-Studio, aber dieses Vorwärtskämpfen im hohen Schnee mit dem Gewicht der Schneeschuhe an den Füßen und dem des Rucksacks auf dem Rücken war etwas völlig anderes.

Obwohl es eiskalt war und meine Oberschenkel langsam taub wurden, schwitzte ich am Oberkörper wie in einer Sauna und das lag nicht an der Sonne, auch wenn die von einem jetzt blauen Himmel strahlte. Hätte sie das nicht gestern so machen können?

Als Bob unvermittelt stehenblieb, stolperte ich in ihn hinein, weil ich zu langsam reagierte, aber er nahm es mir nicht übel, sondern lachte nur.

»Du wirst morgen den Muskelkater deines Lebens haben.«

»Sehr witzig«, brachte ich keuchend hervor.

Auf meine Knie gestützt, versuchte ich wieder zu Atem zu kommen, während man ihm die Anstrengung fast nicht anmerkte. Meine Lunge hingegen brannte nicht minder heftig wie meine Muskeln. Wäre ich Raucher gewesen, ich hätte in dieser Minute damit aufgehört.

»Es ist wunderschön, nicht wahr?«

Ich war so konzentriert darauf gewesen, mit ihm Schritt zu halten, dass ich nicht wirklich einen Blick für unsere Umgebung gehabt hatte, aber da aus seiner Stimme so viel Zufriedenheit und Bewunderung herausklang, richtete ich mich mühsam auf und ließ ebenfalls den Blick schweifen. Und ich musste feststellen, er hatte absolut recht. Der Ausblick war der Hammer.

Von unseren Spuren einmal abgesehen, verkörperte das Panorama völlige Unschuld. Der Schnee lag geschätzt einen halben Meter hoch, was sich lediglich anhand der eingeschneiten Büsche einigermaßen bestimmen ließ. Die Kiefern bildeten mit ihren dunklen Zweigen und Nadeln einen starken Kontrast zum Weiß des Schnees, der auf ihnen lag. Ein Wintermärchen, wenn man Sinn für sowas hatte. Ich hatte es mal gehabt – vor langer Zeit. Und ein wenig davon erwachte gerade tief in mir wieder zum Leben.

Wenn man genau hinsah, erkannte man weitere Spuren im Schnee von Tieren, aber sie waren längst nicht so auffällig wie unsere.

»Gibt es hier gefährliche Raubtiere?«, fragte ich verunsichert.

»Raubtiere ja, gefährlich würde ich aber nicht sagen. Sie flüchten eher, wenn sie Menschen näherkommen sehen. Lediglich die Bären können manchmal ungemütlich werden, aber die liegen jetzt in ihren Höhlen und halten Winterschlaf.«

Einen Moment blieben wir noch stehen, wobei ich das Gefühl nicht loswurde, dass Bob diese Verschnaufpause nur mir zuliebe einlegte.

»Du solltest im Herbst herkommen«, meinte er versonnen und sah mich lächelnd an. »Am besten im September. Dann sind die Wälder bunt und leuchten in allen Farben. Rot, Orange und Gelb. Unser Indian Summer. Es ist wunderschön.«

Die Sehnsucht in seiner Stimme, als er es beschrieb, weckte in mir tatsächlich die Lust, mir das einmal anzuschauen. Mit ihm an meiner Seite. Doch das war völliger Unsinn. Ich hatte keine Zeit, um im September zwei Wochen Urlaub in der Wildnis zu machen.

»Na los, wir sollten weitergehen. Es liegt noch ein weiter Weg vor uns und nachher geht es ziemlich steil in die Höhe.«

»Noch höher? Da oben ist doch nichts. Außer Schnee. Der hier unten reicht mir eigentlich. Warum baut man eine Hütte dorthin, wo niemand hinkommt.«

»Vielleicht gerade deswegen«, antwortete Bob mit einem Augenzwinkern. »Nun quatsch nicht, sondern komm.« Entschlossen stapfte er weiter. »Ich verspreche dir, da oben ist mehr als nur Schnee. Du wirst es nicht bereuen.«

Ich fügte mich in mein Schicksal. Andernfalls würde ich auch erfrieren. Mir wurde gerade bewusst, dass ich ihm ausgeliefert war. Er hatte sozusagen mein Leben in der Hand. Wenn er mich hier irgendwo zurückließ, würde man mit etwas Glück im Frühjahr meine Leiche finden. Oder was davon noch übrig war, nachdem die Bären aus dem Winterschlaf erwacht waren.

Eine weitere Pause gab es nicht, bis wir ein Gebäude erreichten, das nicht viel größer als das Gartenhäuschen bei meinen Eltern war. Dennoch erschien es mir wie eine Oase. Allerdings nur so lange, bis wir eintraten, denn auch hier drinnen war es eiskalt und scheinbar ewig kein Mensch mehr dagewesen.

Bob steuerte sofort das Funkgerät an, das für meinen Geschmack Museumswert hatte. Er drehte an ein paar Knöpfen, worauf das Ding quietschende Töne von sich gab. Scheinbar funktionierte es zumindest.

»Können wir vielleicht den Ofen anmachen?«, bat ich.

»Nein, lieber nicht«, machte Bob meine Hoffnungen zunichte. »Wir bleiben nur ein paar Minuten und das Feuer unbeaufsichtigt brennen zu lassen, ist verboten. Wenn die Ranger-Station abbrennt, haben wir in Fällen wie diesen gar keine Verbindung mehr nach draußen.«

Das verstand ich, dennoch konnte ich mir ein enttäuschtes Schnaufen nicht verkneifen. Ich fror, mir tat alles weh und mein Gesicht fühlte sich an wie gelähmt.

»Du kannst dir etwas Tee nehmen, ich hab eine Thermoskanne in deinen Rucksack gepackt. Und ein paar Sandwiches, die könnten allerdings inzwischen leicht angefroren sein.«

Ich kam seinem Vorschlag nach und der heiße Tee tat unendlich gut. Vor allem konnte ich meine Hände daran wärmen, denn ohne Handschuhe schmerzten meine Finger regelrecht vor Kälte.

»Dawson Eins ruft Rescue Station. Rescue Station, bitte kommen. Hamilton, bist du da?«

»Dawson Eins, hier ist Rescue Station. Grüß dich, Bob. Hat's euch mal wieder erwischt?«

»Hi, Ham. Ja, sieht leider danach aus.«

»Okay, ich notier es. Aber wir haben alle Hände voll zu tun. Da sind mehrere Lawinen gestern runtergegangen bei dem Blizzard. Rechnet nicht vor Dienstag oder Mittwoch damit, dass die Straße wieder voll passierbar ist. Ist an einigen Stellen ziemlich viel Masse auf den Straßen.«

»Geht klar, Ham. Hatte es mir schon gedacht. Dann noch die Feiertage ...«

Ein raues Lachen klang durch die Leitung. »Ich wünschte, ich könnte meinen Leuten auch wenigstens einen Familienabend gönnen, aber dieser Blizzard hatte offenbar andere Pläne.«

»Haltet die Ohren steif. Ich bin bis Mittwoch auf jeden Fall hier oben bei Ellen und Arthur. Dann werd ich mich über Funk noch mal erkundigen, wie die Lage ist. Wir haben hier nämlich sowas wie einen Schiffsbrüchigen.«

»Alles klar. Sollen wir irgendwen informieren? Nicht, dass er vermisst wird.«

Hoffnungsvoll sah ich Bob an, der grinsend zur Seite trat und auf das Funkgerät wies. Ich ergriff die Gelegenheit und gab dem Mann von der Rettung Shelleys Handynummer und eine Nachricht, die sie den Greystones übermitteln sollte.

»Siehst du«, meinte Bob zufrieden. »Ein Problem gelöst. Hat sich der Weg doch gelohnt.«

»Gelöst würde ich nicht sagen, aber zumindest werden sie jetzt nicht denken, dass ich sie sang- und klanglos versetze.«

Er klopfte mir auf die Schulter. »Mach dir nicht so viel Sorgen. Wir werden ein paar wundervolle Tage hier oben haben. Ich bin sicher, Ellen wird dich so umsorgen, dass du gar nicht mehr weg willst.«

Das würde im ganzen Leben nicht passieren, aber ich erwiderte nichts, sondern folgte Bob fügsam weiter den Berg hinauf, auch wenn ich beständig das Gefühl hatte, dass die Luft immer dünner, der Wind immer kälter und der Schnee immer tiefer wurde.

***

Die Sonne machte sich bereits wieder auf den Weg hinter den Horizont, als wir endlich eine Ansammlung von Blockhütten ansteuerten. Im ersten Moment sah es wie eine kleine Siedlung aus, doch im Näherkommen erkannte ich, dass es ein Haupthaus mit einem kleinen Anbau und einem Schuppen für Kaminholz war. Dem gegenüber standen im rechten Winkel zwei weitere Häuser, die unbewohnt wirkten. Zumindest das eine davon schien eine Werkstatt gewesen zu sein, denn als

47

wir daran vorbeigingen, sah ich ein paar Werkzeuge und kleinere Maschinen darin.

»Bob!«, rief unvermittelt jemand von der größeren Hütte zu uns herüber.

»Mom!« Er beschleunigte seine Schritte, hob die Frau, die ich auf Mitte bis Ende sechzig schätzte, hoch und wirbelte sie einmal im Kreis. Wie er das trotz Rucksack auf dem Rücken und nach dieser langen, kräftezehrenden Wanderung so mühelos schaffte, war mir ein Rätsel.

»Oh, wen hast du uns denn da mitgebracht?«, fragte die ältere Dame und kam, nachdem er sie abgesetzt hatte, gleich auf mich zu, um mich herzend an ihren Busen zu drücken. Ich war davon völlig überrumpelt.

»Mom, Das ist Harvey. Er ist sozusagen hier gestrandet«, erklärte Bob.

Ein Mann mit grauen Haaren tauchte im Türrahmen auf und fing an, zu lachen.

»Gestrandet? Hier in Dawson? Ich dachte immer, man strandet am Strand. Auf einer Insel. Mit Sonne, Meer und Sand. Aber im Schnee stranden. Mal was neues.«

Er streckte seine Hand in meine Richtung. »Willkommen bei den Cassidys. Ich bin Arthur. Und meine Frau Ellen hast du ja schon kennengelernt. Komm rein, mein Junge. Du siehst ziemlich durchgefroren aus. Man mag es zwar nicht glauben, aber wir haben hier oben fließend Wasser und in der Dusche wird das sogar ganz von selbst heiß.«

Bob schüttelte kichernd den Kopf und stellte seinen Rucksack neben der Tür auf die Veranda.

»Ich bringe noch einen Arm voll Holz mit rein. Mom, machst du uns vielleicht etwas Eintopf warm?«

»Aber sicher.«

Schon drehte sie sich um und verschwand im Haus. Arthur musterte mich noch einmal von oben bis unten und schüttelte dann den Kopf. »Also, dass du ihn in diesen Klamotten hast hier rauflaufen lassen. Der ist unter dem Stoff doch bestimmt schon ganz blau vor Kälte.«

Völlig unrecht hatte Bobs Vater damit nicht. Meine Beine waren regelrecht taub, aber dafür konnte Bob nichts. So ein Ausflug war eben nicht geplant gewesen, entsprechend hatte ich nicht über die richtige Garderobe in meinem Koffer verfügt.

»Ich werde ein paar von Marcus' Sachen raussuchen. Die sollten ihm passen.«

»Denke ich auch. Seine Stiefel haben Harvey jedenfalls gute Dienste geleistet, aber unten in Dawson Creek hatte ich keine wintertauglichen Sachen mehr von Marcus. Ich denke, eine heiße Dusche wird es wieder richten.«

Mit mehreren Holzscheiten auf dem Arm kam er wieder zu uns zurück und folgte uns nach drinnen, wo mich wohlige Wärme umfing.

»Komm mit, ich zeig dir, wo alles ist«, forderte Arthur mich auf, und als Bob mir ermutigend zunickte, folgte ich seinem Vater die Treppen hinauf in ein Badezimmer, das den Namen auch verdiente.

***

Es war eine wahre Wohltat, nach dem langen Marsch ausgiebig und sehr heiß zu duschen. Die Sachen, die Arthur mir rausgelegt hatte, passten perfekt. Eine bequeme, warm gefütterte Jogginghose und ein dicker

Fleecepullover. Dazu noch kuschelige Wollsocken. Ich fühlte mich so wohl wie schon lange nicht mehr. Auf angenehme Weise erschöpft, aber nicht allzu müde. Besser ausgepowert als nach jedem Workout im Gym. Und unglaublich entspannt, weil gerade keinerlei Termine auf mich warteten. Um Greystone musste ich mir wohl erst mal keine Sorgen mehr machen, Shelley würde sie informieren. Aber da hier oben weder Handy noch Laptop funktionierten, war ich ... frei. Wann hatte ich zuletzt diesen Luxus genossen? Und fuck, warum hatte ich ihn mir so lange versagt? Es fühlte sich großartig an.

»Hey du«, begrüßte mich Bob schmunzelnd, als ich die Treppe nach unten kam. Er stand im Wohnbereich und half seiner Mom beim Schmücken des Weihnachtsbaumes. »Wo hast du den gestressten Business-Menschen gelassen?«

»Och, ich glaub, der nimmt gerade Urlaub.« Einen kurzen von nur wenigen Tagen, aber immerhin.

»Gefällt mir«, meinte er mit anerkennendem Nicken und musterte mich so unverhohlen, dass es in mir schon wieder kribbelte.

Ich musste an unseren Kuss vom Morgen denken und wie er zuvor im Bett mit den Fingern meinen Arm gestreichelt hatte. Seit wir aufgebrochen waren, war nichts mehr in dieser Richtung zwischen uns vorgefallen. Diese Ungewissheit, ob da noch mehr passieren könnte, war aufregend.

»Was meinst du? Das Outfit?«

Er schüttelte kaum merklich den Kopf und lächelte. »Dich mal entspannt zu sehen.«

Ich lächelte zurück und überlege, was ich antworten sollte, als Arthur aus der Küche trat.

»So, die Gänse sind in einer halben Stunde durch. Hab sie übrigens selbst geschossen«, erklärte er mir stolz. Dann jedoch veränderte sich sein Blick. Er sah mich genauer an. Das Lächeln auf seinen Lippen wirkte gleichzeitig liebevoll und traurig und er blinzelte, ehe er sich schnell umdrehte. »An der Garderobe hängt ein blauer Parka für dich. Falls du nachher noch mal raus willst. Und ich hab eine Decke auf die Bank neben der Werkstatt gelegt.«

Eine nähere Erklärung dazu gab es nicht, aber mir fiel auf, dass auch Ellen mich nachdenklich musterte, ehe sie Bob am Arm fasste und ihm mit einem wehmütigen Lächeln darüberstreichelte.

»Ich geh dann mal den Tisch decken. Und danach gibt es Bescherung. Ach herrje«, meinte sie unvermittelt und legte in einer gespielt verzweifelten Geste die Hände an ihre Wangen. »Jetzt haben wir eine Socke zu wenig. Was machen wir denn jetzt?«

Ehe ich einen Vorschlag machen oder ihr versichern konnte, dass es mich nicht kümmerte, weil ich schließlich ein Fremder war und Weihnachten sowieso nichts abgewinnen konnte, schnippte sie bereits mit dem Finger und beantwortete sich ihre Frage selbst. »Ich weiß es. Onkel Lionel hat bestimmt noch ein paar Reservesocken hier deponiert. Für alle Fälle. Aber er braucht sie ja momentan nicht. Du kannst sie nach der Bescherung einfach zurückgeben.«

Verwirrt blickte ich zwischen ihr und Bob hin und her. Der schob seine Hände in die Hosentaschen und schlenderte zu mir herüber.

»Was wird denn das jetzt?«

»Na, was sie gesagt hat. Bescherung. Du wirst in diesem Haus kein Weihnachten erleben, an dem nicht alle Anwesenden beschenkt und mit Liebe überschüttet werden, und ich versichere dir, hier hat das nichts mit Kommerz zu tun. Das, was es hier gibt, kann man nämlich nicht kaufen.«

»Aber ich kenne die beiden doch gar nicht.« Ihn im Übrigen genauso wenig, aber zumindest hatten wir eine gemeinsame Geschichte, wenn die auch erst einen Tag alt war.

Er zuckte mit den Schultern und grinste nur.

»Bob«, jammerte ich. »Das geht nicht. Du musst es ihnen ausreden«

»Keine Chance.«

»Aber ich hab doch nichts für die beiden.«

Der Blick, mit dem er mich musterte, zeigte keinerlei Mitleid für meine Situation.

»Tja, aus der Nummer kommst du jetzt nicht mehr raus. Du bist doch kreativ. Lass dir was einfallen.«

Mit diesen Worten ging er rauf ins Bad, um ebenfalls heiß zu duschen und überließ mich meinem Schicksal.

***

In der Hoffnung, irgendeine zündende Idee zu bekommen, war ich Ellen und Arthur ein wenig zur Hand gegangen, während sie in der Küche werkelten, den Tisch deckten und die überdimensionalen Socken rund um den Kamin an einer Schnur aufhängten. Ich durfte nicht zusehen, wie Ellen meine Socke befüllte, aber ich lernte die beiden ein wenig kennen. Arthur erzählte mir, dass er bis vor einem halben Jahr noch allerhand Dinge aus Holz in seiner Werkstatt gefertigt hatte, die sie den Sommer über an Touristen verkauften. Zu diesem Zweck hatten sie einen dauerhaften Stand im Eingangsbereich des Parks unterhalten. Es gab nämlich sehr wohl einen Weg hier rauf, bei dem man nicht stundenlang zu Fuß laufen musste. Aber eben nur in den wärmeren Monaten.

In dieser Saison hatten sie sowohl die Werkstatt als auch den Stand aufgeben müssen. Arthurs Hände wollten nicht mehr recht, weil er unter Gicht litt. Und der tägliche Weg hinunter nach Dawson und am Abend wieder hier herauf war langsam zu anstrengend für beide.

Mir war bei unserer Ankunft nicht aufgefallen, dass Arthurs Hände knotig und steif waren, und das, obwohl er mir die Hand gegeben hatte. Warum nur war ich manchmal so unaufmerksam? Bei Ellen war eine alte Verletzung in der Hüfte schuld, dass sie nicht mehr den ganzen Tag bei den – selbst im Sommer – kühlen Temperaturen den Stand betreuen konnte. Mit den Jahren hatte es arthrotische Veränderungen gegeben, sodass sie nach langem Stehen oft Schmerzen hatte. Das Sofa vor dem Kamin war in den kalten Monaten ihr liebster Platz. Wenn es im Sommer angenehmer draußen war, dann liebte sie ihren Schaukelstuhl, der in meinen Augen eher einer Liege glich. Arthur hatte ihn für sie gebaut, als seine Hände noch Kraft besessen hatten.

Seine neue Liebe war das Kochen und Ellen überließ ihm gern die Küche. Meiner Meinung nach durfte sie das auch guten Gewissens tun, denn das Essen schmeckte wunderbar.

Während Bob seiner Mutter half, den Tisch abzuräumen und Arthur noch etwas Holz im Kamin nachlegte, verstaute ich meine drei Weihnachtsgeschenke in den entsprechenden Socken, wobei mir etwas mulmig war, wie Bob – und vor allem seine Eltern – auf seines reagieren würden. Aber mir war leider nichts anderes eingefallen und zugegeben steckte auch ein gewisser Eigennutz dahinter.

»Nun kommt alle zum Kamin«, forderte Ellen uns schließlich auf. Wir wollen rasch die Bescherung machen, damit ihr rechtzeitig nach draußen kommt.«

»Warum sollten wir denn noch mal nach draußen gehen?«, fragte ich verwirrt. Arthur hatte vorhin ja eine ähnliche Andeutung gemacht, als er von der Decke auf der Bank sprach und mich auf den wärmenden Parka hingewiesen hatte. Wobei meine Jacke immerhin auch wintertauglich war, sonst wäre ich als Eiszapfen hier oben angekommen.

»Das wirst du schon noch sehen«, versprach Bob. »Ich hab dir doch gesagt, du bereust ganz sicher nicht, mit hier rauf gekommen zu sein.«

Ich musste meinen Socken als erstes leeren, was mir unglaublich peinlich war, weil ich mich immer noch als Eindringling fühlte. Aber das lag absolut nicht an Bob oder seinen Eltern, denn sie gaben mir alle drei das Gefühl, absolut dazuzugehören. Ich war nur keine Weihnachtsfeste wie dieses hier gewohnt. Diese Wärme und Herzlichkeit, die Neugier eines jeden, was die anderen über ihre Weihnachtsgeschenke sagten. Es verunsicherte mich, vor allem, weil es mir so sehr gefiel und ich den Gedanken nicht mehr loswurde, dass ich es vermissen würde.

Allerdings schaute ich recht verdutzt drein, als ich einen Kleiderbügel aus meiner Weihnachtssocke zog.

»Ähm ...«

Arthur lachte aus vollem Hals. »Wenn du dein Gesicht sehen könntest, mein Junge. Auf dem hingen die Sachen, die du da anhast. Und ich würde sagen, wo sie dir so gut passen, nimmst du sie am besten mit. Ein Satz Thermounterwäsche gehört auch noch dazu. Das wird dir den Abstieg leichter machen. Wobei ich dir raten würde, die Jogginghose dann wieder gegen die Jeans zu tauschen.«

Ich war sprachlos und sah fragend zu Bob. Sein Blick war schwer zu deuten. Wohlwollend traf es am ehesten. Und noch etwas darüber hinaus.

»Ich finde, das ist eine gute Entscheidung. Wir wollen ja nicht, dass du am Ende krank zu deinem Termin erscheinst, weil du dich in unserem schönen Dawson verkühlt hast.«

Ellen hatte noch ein paar Nüsse und Orangen dazugepackt. Ich umarmte alle drei und bedankte mich herzlich. Es war sicher nicht das teuerste Weihnachtsgeschenk, das ich je bekommen hatte, aber für mich das wertvollste, weil ich spürte, mit welchem Gefühl man es mir gab.

Als ich Bob umarmte, streiften seine Lippen über meinen Nacken und er hielt mich einen Moment länger fest als nötig. »Du bekommst auch noch eines von mir. Später. Draußen. Unter der Decke.«

Wieder folgte auf seine Worte dieses Kribbeln in mir. Keine Ahnung, was er damit meinte, aber was es auch war, ich freute mich darauf.

Nun musste Bob seine Socke auspacken. Er förderte eine Tasse zutage, die nicht perfekt war, aber wunderschön verziert mit sternenartigen Schneeflocken und kleinen Tannenzweigen.

»Hast du wieder getöpfert?«, fragte er Ellen versonnen und gab ihr einen Kuss auf die Wange.

»Ja, du weißt doch, ich kann einfach nicht anders, als Susans Töpferscheibe jedes Jahr wieder auszupacken. Gefällt sie dir?«

»Sie ist wunderschön. Sie kommt zu den anderen. Nur für ganz besondere Gäste.«

Die Liebe, die beide umgab, ließ mich schlucken. Meine Augen wurden feucht und mein Herz zog sich ein ganz klein wenig zusammen. Ich beneidete Bob um seine Mom.

Das zweite, was er aus der Socke im wahrsten Sinne des Wortes heraus*fischte* war ein selbstgebastelter Köder. Ein kleiner gebogener Haken mit Federn und bunten Fasern daran.

»Gibst du es denn nie auf, Dad? Ich werde das Angeln in diesem Leben nicht mehr lernen.«

»Ach«, winkte Arthur ab, »es ist noch kein Meister vom Himmel gefallen. Ich sag dir, es kommt nur auf den richtigen Köder an. Sobald es im Frühjahr taut, versuchen wir's noch mal. Ich hab eine tolle Stelle gefunden.«

»Das sagst du jedes Jahr. Wenn ich diese Familie mit meinen Angelkünsten ernähren müsste, wärt ihr schon verhungert.«

Arthur schnaufte belustigt. »Dafür bin ich beim Jagen ja erfolgreich genug. Wir würden schon überleben.«

»Nur zur Sicherheit«, sagte Bob an mich gewandt. »Wir gehen im Denali weder auf die Jagd noch Angeln. Aber in den Wäldern hier oben ist es erlaubt und Arthur hat einen Jagdschein.«

»Aber nur zum Eigenbedarf. Ich schieße nichts, was ich nicht auch essen will.«

Zuletzt zog Bob zwischen den Nüssen und Orangen meinen kleinen Zettel hervor. Es war sicher nicht sonderlich einfallsreich für jemanden, der Marketingstrategien entwarf, aber ich hatte bewusst vermeiden wollen, dass es wie eine *Strategie* wirkte, denn das war es nicht. Es war ein Angebot, das von Herzen kam. Von einem, das gerade verdammt schnell schlug, während ich darauf wartete, was Bob sagte.

»Wow. Ich weiß nicht, ob du da von dir auf andere schließt, aber ich habe nach dem Aufstieg definitiv nichts dagegen, mich von dir durchkneten zu lassen.«

Ellen lachte augenblicklich auf und klatschte in die Hände. »Ach du liebe Güte. Vielleicht sollte ich dich auf dem Rückweg begleiten, wenn du solche Geschenke dafür verteilst. Mein Rücken könnte auch mal wieder eine Massage vertragen.«

Ich war erleichtert, dass sie es so positiv aufnahmen, denn ein wenig intim war es ja doch. Selbst, wenn es nur der Rücken wäre, doch ich würde durchaus auch weitere Muskelpartien durchkneten. Wenn ich dabei von mir auf Bob schließen wollte, vor allem die Schenkel, denn wie er es bereits angedroht hatte, kündigte sich ein heftiger Muskelkater an.

Bobs Geschenke für seine Eltern waren zwei Landschaftsbilder, die offensichtlich Orte aus dem Denali zeigten. »Himmel, Junge, das sollst du doch nicht immer wieder tun« schimpfte Ellen.

Fragend hob ich die Brauen. »Margo macht nicht nur die weltbeste Hühnersuppe, sondern ist auch eine begnadete Künstlerin. Ellen liebt ihre Bilder, aber sie sind relativ teuer, weil sie sehr gefragt ist. Na ja, ich habe mit Margo eben eine Art Deal, dadurch gibt es hin und wieder zu Weihnachten Bilder von besonderen Orten im Denali.«

»Die sind ein Vermögen wert«, erklärte Ellen mit leichter Entrüstung in der Stimme, was ihrer sichtbaren Freude über die Bilder jedoch keinen Abbruch tat.

»Du kannst sie natürlich auch verkaufen, aber ich würde mich mehr freuen, wenn du sie einfach hier irgendwo aufhängst und dich jeden Tag an ihnen erfreust.«

Bob nahm seine Mutter in den Arm und gab ihr einen langen Kuss auf die Wange.

»Dann wollen wir doch mal sehen, was Santa uns noch in die Strümpfe gesteckt hat«, entschied Arthur und holte meine Zettel hervor.

»Es sind Socken, Arthur, keine Strümpfe«, korrigierte Ellen kopfschüttelnd, während sie ihren eigenen Zettel auseinanderfaltete.

»Oh nein. Harvey! Das meinst du nicht ernst.«

Ich musste lächeln, weil sie so entsetzt und gleichzeitig froh klang.

Verlegen zuckte ich mit den Schultern. »Ich dachte, es wäre vielleicht eine gute Idee, während ich hier bin, für ein wenig Entlastung zu sorgen.«

Arthur klopfte mir auf die Schulter. »Ich sehe, du bist aus dem richtigen Holz, mein Junge.«

Tatsächlich ging es bei seinem Geschenk um Holz, denn wegen seiner Hände hatte ich mir gedacht, dass Holz hacken vermutlich nicht mehr so einfach für ihn war. Es war eine Weile her, dass ich ein Beil in der Hand gehalten hatte, aber ich hatte durchaus schon Holzscheite gespalten.«

»Du weißt schon, dass du dich danach vermutlich nicht mehr bewegen kannst, oder?«, flüsterte Bob mir zu und strich wie beiläufig über meinen Rücken.

Ich drehte das Gesicht zu ihm und fand seines verdammt nah an meinem. »Na ja, vielleicht kann ich ja den Weihnachtsmann überzeugen, mir auch noch eine Massage in den Socken zu stecken.«

Für einen Moment verharrten wir beide und ich hatte den innigen Wunsch ihn zu küssen, was ich allein aufgrund der Gegenwart seiner Eltern natürlich nicht tat. Was passierte hier nur mit mir? Ich kam mir vor wie ein Teenager. Als würde ich Dinge in meinem Leben nachholen, die ich immer vermisst hatte, ohne es zu wissen. Geschenke, die aus Liebe und mit Bedacht gewählt wurden. Die innige Nähe einer Familie. Und das aufregende Entstehen von Zuneigung und Begehren, das nur rudimentär mit Sex zu tun hatte.

»Das Geschenk löse ich aber erst morgen ein«, entschied Ellen. »Heute mache ich den Abwasch, da dulde ich keine Widerrede. Ihr beiden verschwindet jetzt nach draußen. Sonst verpasst ihr noch dein wichtigstes Weihnachtsgeschenk.«

***

Ellen hatte uns regelrecht rausgeschmissen, und auch wenn ich noch immer keine Ahnung hatte, worum es hier ging, hatte ich es mir auf der Bank unter der Decke gemütlich gemacht, dankte Arthur gedanklich für den Parka, der doch bedeutend wärmer war als meine Winterjacke, und wartete auf mein persönliches Christkind.

»Hier!« Bob erschien wie aufs Stichwort und reichte mir einen Becher mit dampfendem Glühwein ehe er sich neben mich setzte und ebenfalls unter die Decke kroch.

»Danke«, raunte ich, wärmte meine Hände an dem Gefäß und blickte über das Tal hinweg. Gerade war so viel Ruhe in mir wie schon lange nicht mehr. Eine unglaublich friedliche Stimmung. Ich konnte mich nicht einmal mehr darüber ärgern, dass der Termin mit Greystone sich verzögerte. Die würden zwischen Weihnachten und Silvester nicht gerade bankrott machen und die geplante Kampagne sollte ohnehin erst Mitte März starten. Also war noch Zeit genug. Worüber hatte mich nur so aufgeregt?

»Du lächelst ja?«, neckte mich Bob von der Seite und stieß mit dem Ellbogen sanft gegen meinen Arm. Mein Grinsen wurde breiter und ein angenehmer Schauder lief mir über den Rücken, als sein warmer Atem über meinen Nacken strich.

»Na ja, es ist ja auch einfach schön hier?«

»Trotz des Schnees?«, hakte er nach und hob schmunzelnd die Augenbrauen.

»Trotz des Schnees«, bestätigte ich.

Er nickte zufrieden. Eine Weile saßen wir schweigend da, genossen den Glühwein und die Stille und hingen beide unseren Gedanken nach. Keine Ahnung, was Bob durch den Kopf ging, bei mir waren es völlig ungewohnte Ideen und Empfindungen. Es war einfach schön, mit ihm hier zu sein. Seine Nähe zu spüren, auch wenn wir uns nicht berührten. Bob strahlte so eine Ruhe und Zufriedenheit aus. Ich beneidete ihn darum.

»Warum hasst du Weihnachten eigentlich so sehr?«, durchbrach er schließlich die Stille.

Ich schluckte, spürte wie sich Bitterkeit in mir ausbreitete. »Weiß nicht. Vielleicht, weil ich dieses Fest schon immer als scheinheilige Lüge empfunden habe. Frieden, Nächstenliebe, Gemeinschaft ... das sind doch alles leere Worte. Es geht nur um Konsum und Kommerz. Wie bei allem im Leben.«

Bob gab ein brummendes Geräusch von sich, von dem ich nicht sagen konnte, ob es zustimmend oder unwillig war. »Denkst du das wirklich? Ich meine nicht, wie du es bisher erlebt hast, sondern was du wirklich denkst. Was ist Weihnachten für dich? Ganz tief da drin.«

Er streckte eine Hand aus und legte sie auf mein Herz. Selbst durch den dicken Parka hindurch meinte ich die Wärme zu spüren, die von seinen Fingern ausging. Oder war es vielmehr die Geste, die dieses Gefühl in mir auslöste? Unbewusst schielte ich nach unten, er zog seine Hand noch immer nicht zurück, ließ sie weiter auf meiner Brust ruhen, als wartete er auf meine Antwort und vielleicht war das auch so. Wenn ja, dann lohnte es sich, noch ein bisschen länger zu schweigen, denn ich wollte gar nicht, dass er die Berührung unterbrach. Es fühlte sich gut an. Schön. Obwohl die Geste so harmlos und unschuldig war. Insbesondere bei drei Lagen Klamotten zwischen uns.

»Ich kenne es nicht anders«, gestand ich schließlich. »Das war bei uns schon immer so. Und auch überall sonst. Die Geschenke werden von Jahr zu Jahr größer, aber das Interesse aneinander bleibt auf der Strecke. Jeder ist mit sich beschäftigt und verfolgt seine Ziele. So ist das eben. Wer sein Soll nicht erfüllen kann, geht in der Gesellschaft unter, und ich will nicht zu denen gehören, die ertrinken.«

Bobs Miene wurde erneut traurig und er seufzte leise. »Es ist wirklich schade, dass du so denkst. Aber vielleicht änderst du deine Meinung noch. Irgendwann. Manchmal braucht es nur ein besonderes Ereignis und auf einmal ist alles anders.«

Er zog seine Hand zurück und blickte in die Ferne, wo man dank das Mondes und einem wahren Meer von Sternen noch immer die Umrisse der Wälder erahnen konnte.

»Ich glaub, das hast du schon geschafft«, gestand ich. »Gerade fange ich an, Weihnachten zu mögen. Dieses Weihnachten hier. Mit euch.« Ich räusperte mich, weil mir mit einem Mal ein bisschen schwummrig im Kopf wurde. Kam wohl vom Glühwein.

»Ich beneide dich«, gestand ich und verblüffte ihn damit.

»Ach ja? Wieso?«

Verlegen starrte ich in meine Tasse. »Du wirkst so zufrieden. Du ruhst in dir und bis glücklich mit dem wenigen, was du hast. Einem kleinen Café am Arsch der Welt, einer Hütte in den Bergen, ein paar Menschen, die dich lieben.«

»Also ich finde, dass das ein ziemlich großer Reichtum ist. Warum also sollte ich nicht glücklich sein?«, fragte Bob.

Ich zuckte mit den Schultern, hatte keine Antwort darauf, denn er hatte recht. Das waren eine Menge guter Dinge. Aber eben nicht genug. Oder doch?

»In meiner Welt würde das nicht reichen«, gestand ich.

»In deiner Welt?«

Mit einem Seufzen lehnte ich mich zurück und starrte in den dunklen Himmel. »Für meine Eltern zählt nur Erfolg. Also habe ich mein ganzes Leben lang alles dafür getan, erfolgreich zu sein. Die besten Noten in der Schule, den besten Abschluss meines Jahrgangs auf der Uni und meine Agentur, die nach nur fünf Jahren den Bilanzen meines Vaters schon verdammt nahekommt. Und was hab ich davon? Ich bin sechsunddreißig, habe vermutlich ein Magengeschwür und nehme regelmäßig Tabletten, damit ich tagsüber wach bleibe und nachts halbwegs schlafen kann.«

»Das klingt nicht so, als wäre es das, was du wolltest. Warum machst du es also?«

»Na weil es so erwartet wird.«

»Von wem?«

»Von allen. Wir leben in einer Leistungsgesellschaft. Ich sagte doch gerade, bei meinen Eltern zählt nur das.«

»Dann tust du es, damit sie dich lieben, ja?«

Ich lachte trocken. »Lieben? Das ist ein verdammt großes Wort. Nein, ich tue das, damit sie mich überhaupt wahrnehmen. Mich respektieren. Um ihnen zu beweisen, dass ich ihre Erwartungen erfüllen kann.«

»Und du bist sicher, dass sie sich darüber freuen, wenn du deine Gesundheit zugrunde richtest für Geld?«

Das war eine gute Frage. Ich hatte mit meinen Eltern nie darüber gesprochen, wie es mir ging. Weil es sie auch nicht interessierte. Hatte es nie. Über Schwächen redete man nicht. Über Nichtigkeiten wie persönliche Befindlichkeiten erst recht nicht.

»Ich muss einfach diesen Deal abschließen. Dann bin ich besser als mein Vater.« Und dann würde er mich endlich sehen. Das war es, was ich wollte. Von ihm wahrgenommen werden. Dass er mir auf die Schulter klopfte und *gut gemacht, mein Junge* sagte.

»Ich denke nicht, dass es von diesem Deal abhängt.« Bob klang sehr überzeugt. »Und du solltest dich fragen, ob es das wirklich wert ist. Es geht dir nicht gut, du hast gerade selbst gesagt, dass es dich krank macht. Man sollte nicht verfolgen, was einem so zusetzt.«

»Aber ich muss.«

»Wieso? Die Welt wird nicht untergehen, wenn du dieses Geschäft nicht abschließt. Du wirst auch nicht daran sterben. An zu viel Stress möglicherweise schon. Vor allem aber verpasst du so viel Schönes. Du verpasst das Leben, weil du nur Zahlen und Dollarnoten siehst. Wenn du mich fragst, ist das wenig kreativ. Deine Firma hängt nicht von diesem einen Deal ab, auch wenn er viel Geld einbringt. Aber wenn es so wäre, hättest du in den letzten Jahren nicht sonderlich gut gearbeitet und wärst wohl kaum unter den führenden Agenturen. Und das bist du, oder? Jedenfalls hast du mir auch das gesagt.«

Ich konnte ihm in nichts widersprechen und doch sträubte sich alles in mir dagegen.

»Und was rätst du mir, was ich stattdessen tun soll?«
Die Frage klang provozierend, war es aber nicht. Ich
konnte selbst gerade nicht fassen, dass ich einen praktisch Fremden fragte, wie ich mein Leben leben sollte.
Was ich tun sollte, damit ich endlich die Aufmerksam-
keit meiner Eltern bekam.

»Ich würde es mit reden versuchen«, schlug er vor.
»Und mit leben. Und mit glücklich sein.«

Scheinbar hatte er mich besser verstanden als gedacht.

»Übrigens, da du ja meinst, das Café und Ellen und
Arthur wären zu wenig, um glücklich zu sein. Ich bin
auch der Arzt hier in Dawson und rund um den
Denali.«

»Oh!« Das hätte ich nicht erwartet und sah ihn un-
gläubig an. Aber es erklärte einiges. Zum Beispiel, warum Tom ihn Doc genannt hatte. Und sein Helfersyndrom passte auch perfekt dazu.

»Ja, oh. Und wenn dich mein Rat schon nicht aufgrund meiner bescheidenen Lebensverhältnisse inte-
ressiert, dann vielleicht als Mediziner. Du machst dich
kaputt, wenn du so weitermachst. Und das ist kein Job
der Welt wert. Auch nicht die Anerkennung deiner Eltern. Du bist für dich verantwortlich und du solltest
dich gut um dich kümmern.«

Das sagte sich so leicht. Wenn sie wie seine wären …

»Ich hätte gerne solche Eltern gehabt wie du. Arthur
und Ellen sind tolle Menschen. Ich mag sie sehr.«

Ein wehmütiger Zug trat auf Bobs Gesicht.

»Sie sind nicht meine Eltern. Sie sind meine Schwiegereltern«, gestand er leise und machte mich damit für
einen Moment sprachlos.

»Oh. Das ... sorry«, sagte ich, nachdem ich meine Sprache wiedergefunden hatte. »Ich dachte, weil du Mom und Dad zu ihnen sagst.«

Er zuckte mit den Schultern. »Hat sich einfach so eingeschlichen. Und vom Gefühl her stimmt es wohl auch.«

»Okay. Und dein Mann? Oder ... deine Frau?« So genau hatten wir darüber ja immer noch nicht gesprochen und heute Abend war von Marcus und Susan die Rede gewesen. Bei beiden Namen hatte ich diese Mischung aus Liebe und Traurigkeit in den Gesichtern der drei Menschen hier gesehen.

Bob seufzte erneut und nahm einen Schluck von dem Glühwein. »Marcus war bei der Rettung. Er kam vor fünf Jahren bei einem Einsatz ums Leben. Hier in Dawson.«

Fuck!

»Sorry, Mann, ich wusste ja nicht ...«

Bob winkte ab. »Schon gut. Ist ja nun auch schon eine Weile her. Ich komm damit klar. Inzwischen jedenfalls.«

Offensichtlich. Aber musste man dann wohl auch. Das erklärte natürlich seine Worte von heute Morgen von wegen *das Leben sei kurz.*

»Und du ... bist jetzt allein? Immer noch? Oder wieder? Ich meine ... fünf Jahre ist eine lange Zeit.«

War das zu indiskret? Zu aufdringlich? Es ging mich eigentlich gar nichts an.

Er grinste schräg und zwinkerte mir zu, obwohl die Traurigkeit nicht gänzlich aus seiner Miene wich. »Na ja, die Auswahl in Dawson ist nicht gerade groß, wie dir vielleicht aufgefallen ist.«

Ich musste lachen, auch wenn das Thema gerade kein fröhliches war. »Aber du hättest doch weggehen können. Oder willst du deine Heimat nicht verlassen.«

Erneut nahm er einen Schluck Glühwein, zögerte, als überlegte er sich seine Worte sehr genau.

»Offen gestanden bin ich erst seit fünf Jahren hier. Seit seinem Tod.«

Keuchend stieß ich den Atem aus. Aber ehe ich fragen konnte, warum er dann ausgerechnet hierhergekommen war, sprach Bob schon weiter.

»Die Liebe zu Marcus hat mich hergebracht. Also nach Alaska. Na ja, und letztlich auch nach Dawson. Er hat zwei Jahre bei der Berufsfeuerwehr in Los Angeles gearbeitet, so lernten wir uns kennen.«

Los Angeles? Dann kamen Bob und ich beide aus derselben Stadt? Oh Shit, und ich hatte ihm an den Kopf geworfen, dass er keine Ahnung hatte, was es hieß, in einer großen Stadt zu leben. Ich war so ein Idiot.

»Ich war Notarzt im County General. Wir wurden zu einem Brand gerufen. Er gehörte zum Einsatzteam und hat mir bei einem Patienten geholfen, den er zuvor aus den Flammen gerettet hatte. Zwei Tage später hat er sich in der Klinik nach dem Jungen erkundigt, der es leider nicht geschafft hatte. Aber wir haben uns dann ein paar Mal getroffen und über unsere Jobs geredet. Warum wir all das auf uns nehmen. Den Kampf, den wir viel zu oft auch verlieren. Wir haben damals beide mit unseren Jobs gehadert. Letztlich überwiegen zwar die Momente, in denen wir diesen Kampf gewinnen, doch in L.A. kam uns alles wie eine Tretmühle vor, in der jeder zwischen die Räder kommt. Die Opfer, die Feuerwehrleute, das medizinische Personal.

Marcus zog es zurück nach Alaska und ich bin kurzerhand mitgekommen. Wir lebten eine Weile in Anchorage, haben geheiratet und sind so oft wie möglich hierher zu seiner Familie gefahren. Das Café unten in Dawson, das gibt es schon verdammt lange. Es gehörte seiner Schwester. Damals hieß es noch Susan's Diner. Sie hat dort Snacks verkauft und Töpferkurse für die Touristen abgehalten.

Als Marcus eine Stelle bei der Rettung in Healy angeboten wurde, war das für ihn ein Traum und er hat sofort zugesagt. Er wollte wieder direkt bei seinen Eltern und seiner Schwester leben. Wollte die Ruhe und die Freiheit hier haben und trotzdem das Gefühl haben, etwas Gutes zu tun, indem er Menschen rettete. Letzteres konnte ich nachvollziehen, aber genau darum war ich nicht bereit, meine Stelle in Anchorage aufzugeben. Ich hab es immer wieder aufgeschoben. Dort hatte meine Arbeit eine Bedeutung, wenn ich hierherkäme, dann wäre ich nur noch Ehemann und das war mir zu wenig. Hier gibt es keine Klinik, nur eine kleine Arztpraxis, in der nicht allzu viel zu tun ist. Und jeden Tag bis nach Anchorage fahren, war für mich nicht diskutabel.

Marcus hat versucht, es zu verstehen, obwohl er seine Enttäuschung nicht immer verbergen konnte. Eine Weile haben wir es mit einer Art Fernbeziehung versucht, doch das hat uns beide nur noch unglücklicher gemacht. Verstehst du, ich dachte, ich brauche diese Bestätigung im Job, dabei wäre alles, was ich gebraucht hätte, er gewesen. Ich hab ihn vermisst wie die Hölle und konnte mich doch nicht durchringen.

Eines Abends kam dann der Anruf, als ich mal wieder eine Sonderschicht übernommen hatte. Eigentlich hätte ich längst in Dawson sein sollen, stattdessen bin ich für einen Kollegen eingesprungen. Marcus war zu einem Einsatz gerufen worden. Ein Fahrzeug hing an einem Abhang, weil die Fahrerin die Kontrolle auf der glatten Fahrbahn verloren hatte. Marcus hat sich abgeseilt, um sie zu retten, aber dann muss Schnee nachgerutscht sein oder Geröll. Keine Ahnung. Vielleicht war er auch kurz unaufmerksam. Jedenfalls sind sie beide mit dem Wagen abgestürzt. Das Sicherungsseil ist einfach gerissen. Sie waren sofort tot.«

Ich schluckte hart.

»Warum denkst du, dass er unaufmerksam war?«, wollte ich wissen und spürte dabei ein unangenehmes Grummeln in der Magengegend.

Bob hob den Blick, Tränen schimmerten in seinen Augen und rannen auch schon über seine Wangen.

»Es war der Wagen seiner Schwester.«

Mein Herz geriet mehrere Schläge lang außer Takt. »Oh mein Gott.« Ich wollte mir gar nicht ausmalen, was das für Bob bedeutet hatte. Und für seine Schwiegereltern. Gleich zwei Kinder an einem Tag zu verlieren und dann unter solchen Umständen, das war ... grausam. Ungerecht. Wie konnten Menschen, die solch einen Verlust erlitten hatten, noch so voller Liebe und Zuversicht sein?

»Das Ganze passierte an Heiligabend und eigentlich hätte alles vollkommen anders laufen sollen. Susan hätte gar nicht mehr wegfahren dürfen. Es war meine Aufgabe, alles für das Weihnachtsessen zu besorgen, aber durch die Doppelschicht hab ich es nicht geschafft. Ich rief Susan an, damit sie das übernimmt. Tja, und dann waren auf einmal beide nicht mehr da.«

Instinktiv griff ich nach seiner Hand und drückte sie sacht. Er lächelte wieder dieses wehmütige Lächeln, das mir so sehr unter die Haut ging, weil es so ehrlich und tief war. Sanft rieb er mit dem Daumen über meinen Handrücken.

»Susan war eine gute Fahrerin. Aber an dem Abend war sie im Stress, weil ich ihr diese Zusatzaufgabe aufgedrückt habe. Ich konnte danach nicht mehr in der Klinik arbeiten. Jedes Mal, wenn ich sie betreten habe, kam der Gedanke in mir auf, dass das alles nicht passiert wäre, wenn ich ...«

Er brach mit einem Schluchzer ab und schüttelte stumm den Kopf.

»Hey, das war nicht deine Schuld.«

Bob nickte. »Das weiß ich. Dennoch wäre es nicht passiert, wenn mir dieser verdammte Job nicht wichtiger als alles andere gewesen wäre. Ich hab den Menschen verloren, den ich über alles liebte. Zwei Menschen. Ich hab meine Zeit vergeudet. Zeit, die ich mit ihnen hätte verbringen können. Aber mein Ego stand mir im Weg. Die Angst, nicht gut genug zu sein, wenn ich nicht mehr der tolle, erfolgreiche Notarzt bin. Dabei haben sie mich nicht wegen meines Jobs geliebt, sondern um meiner selbst willen. Das ist mir viel zu spät klar geworden. Ich hab mir geschworen, dass mir das nicht noch mal passiert.

Wie auch immer, ich hab den Job geschmissen und Susans Café übernommen. Den Namen wollte ich aber nicht behalten, so entstand also das Teegestöber. Während meines Studiums hab ich mich mit Kellnern in einem Café durchgeschlagen, dadurch hatte ich genug Erfahrung. Die Stelle als Provinzarzt war ebenfalls noch frei. Mit dieser Kombi komme ich gut über die Runden und kann sogar Ellen und Arthur unterstützen. Ich könnte sie nie allein lassen. Nicht nach allem, was geschehen ist.«

»Das klingt, als wärst du aus Schuldgefühlen hier.«

Er schürzte die Lippen, schüttelte dann aber den Kopf. »Nein, das ist es nicht. Anfangs war es das vielleicht, aber ich fühle mich diesem Ort auch verbunden. Mehr als ich mir anfangs eingestehen wollte. Ich bereue, Marcus' Bitte nicht schon viel eher nachgekommen zu sein. Wir hätten weniger Geld gehabt, ja, aber wir wären hier glücklich geworden, und er wäre heute noch am Leben. Er und auch Susan. Jetzt bin ich trotzdem glücklich hier, auch wenn sie mir jeden Tag fehlen. Aber die Ereignisse haben mich viel gelehrt. Ich sehe manches anders als früher und hab hier meinen Frieden gefunden. Seine Eltern sind mir mehr Familie als es meine eigene je gewesen ist.«

»Okay, klingt als hättest du zu deinen eigenen Eltern kein gutes Verhältnis. Ist es, weil du einen Mann geheiratet hast?«

Er schüttelte den Kopf und nahm noch einen Schluck vom Glühwein, der inzwischen kalt war. »Nein, das ist es nicht. Die sind total entspannt damit. Sogar, dass ich hiergeblieben bin, war für sie okay. Aber ich stamme aus gutem Haus, wenn ich das mal so sagen darf, und das war immer irgendwie nichts für mich. Zu groß, zu pompös.« Er lachte hilflos. »Ein bisschen, was du eben sagtest. Viel Kommerz. Gefühle sind nicht so die Stärke meiner Eltern. Hier ist das anders. Jeder hilft jedem, man kennt sich und rückt zusammen. Ich mag das. Ich will nicht zurück.«

Teilweise konnte ich das verstehen. Dieser Ort hatte sich auch in mein Herz geschlichen. Verdammt schnell sogar. Und nicht nur der Ort.

»Aber reich wirst du nicht hier, oder?«

Diesmal war Bobs Grinsen noch eine Spur breiter, er hob die Augenbrauen und schüttelte den Kopf über mich. »Wie gesagt, darauf kommt es nicht an. Ich hab hier einen anderen Reichtum. Einen besseren. Und von Mai bis September verdiene ich wirklich gut, da ist hier einiges los. In den anderen Monaten haben wir zumindest Durchgangsverkehr. Touristen, Pendler.«

»Außer, wenn es mal wieder eine Lawine gab.«

Er zwinkerte. »Touché.«

Ich lachte, wurde dann aber wieder ernst. Ich bewunderte Bob dafür, wie ruhig er über diesen schrecklichen Verlust reden konnte. Und was er aus seinem Leben gemacht hatte. Wie er es lebte. Er hatte nicht viel, aber es schien mehr zu sein, als ich in meinem Leben bisher gefunden hatte.

»Vermisst du Los Angeles gar nicht?«

»Nein, es ist zu hektisch und zu laut. L.A. wirkt auf mich aus der Ferne wie ein gefräßiges Monster, das mich wieder verschlucken würde. Von Nahem ist es noch schlimmer, das merk ich jedes Mal, wenn ich meine Eltern besuche. Außerdem kann ich Ellen und Arthur nicht allein lassen. Sie haben ihr ganzes Leben hier verbracht, und allein könnten sie die Hütte nicht unterhalten. Aber auch mit meiner Unterstützung dürfte es in Zukunft schwierig werden. Ich kann nur für das Finanzielle sorgen, aber der Rest ...«

Ich runzelte die Stirn. »Wie meinst du das?«

Bob seufzte. »Du hast sie doch kennengelernt. Sie sind nicht mehr die Jüngsten. Marcus war elf Jahre älter als ich, Susan sogar siebzehn Jahre. Ellen und Arthur sind Senioren, haben ihr Leben lang hier draußen gelebt. Es ist wunderschön, aber auch hart und fordernd. Sie sind nicht gesund, können das, was sie immer gemacht haben, nicht mehr tun. Es ist weniger das Geld. Sie fühlen sich nutzlos. Das geht schon das ganze Jahr so. Ich sehe, wie sie daran verzweifeln, das Gefühl haben, eine Last zu sein. Nicht mehr gebraucht zu werden. Aber ich habe keine Ahnung, wie ich ihnen helfen soll. Sie wollen nicht hier weg. Unten in Dawson gäbe es sicher ein paar leichte Tätigkeiten, die sie noch verrichten könnten, aber nicht hier. Ich weiß nicht, wie es weitergehen soll und habe Angst, dass sie sich gänzlich aufgeben.«

Über die Schulter warf ich einen Blick zurück zum Haus. Ellen und Arthur hatten keinen unglücklichen Eindruck auf mich gemacht. Aber heute war eben Heiligabend, Bob war bei ihnen – und dieser verschrobene, gestresste Businessmann, der ihnen wie ein exotisches Wesen vorkommen musste. Okay, das war vielleicht übertrieben, aber ich passte nicht hierher. Oder doch? Da war so ein Gefühl ... Ich war völlig anders als sie und doch war dieser Abend einer der harmonischsten seit einer Ewigkeit gewesen.

»Hey, sieh mal«, meinte Bob plötzlich und stieß mich an.

Ich konzentrierte mich wieder auf die Nacht und den Himmel und dann sah ich es plötzlich. Erst nur ganz schwach, aber rasch stärker werdend. Ein unwirkliches Licht aus Grün- und Blautönen, das den Himmel erhellte und in eine mystische Landschaft verwandelte.

»Wow!«

»Das ist mein Weihnachtsgeschenk für dich«, raunte Bob. Im nächsten Moment berührten seine Lippen meinen Nacken. Wanderten vom Haaransatz tiefer, bis der Knick des Parkas sie aufhielt. Bobs warmer Atem sammelte sich am Rand der Jacke und jagte mir wohlige Schauder durch den Leib. Unter der Decke griff er nach meiner freien Hand, verflocht unsere Finger miteinander. Er wühlte seine Nasenspitze in meine Haare, rieb sie über meine Wange, bis er schließlich den Kopf drehte, sodass wir Wange an Wange Händchen haltend dasaßen und den Polarlichtern zusahen.

***

»Sagtest du nicht, Zimmer habt ihr genug hier oben?«, neckte ich schmunzelnd, als wir später wieder ins Haus zurückgekehrt waren und Bob mich durch die stillen, dunklen Räume auf den Dachboden hinaufführte. Ellen und Arthur schliefen längst.

Bob zuckte ungerührt die Schultern. »Haben wir ja auch. Ich hab nie behauptet, dass du eines allein für dich hättest. Oder dass es ein klassisches Zimmer wäre.«

Wohl wahr.

Der Dachboden war ausgebaut und wirkte, nachdem Bob eine kleine Lampe eingeschaltet hatte, sehr gemütlich.

»Du kannst dir aussuchen, in welchem Bett du schlafen möchtest. Ich empfehle dir das linke. Das hat noch ein besonderes Highlight zu bieten.« Er zwinkerte und deutete zurück in den Flur. »Ich muss nur kurz was erledigen. Das Badezimmer ist dort hinten.«

Ich nickte und blickte ihm einen Moment nach. Dann wandte ich mich zu den Betten und sah unschlüssig auf das Linke, auf dem bereits mein Rucksack lag. Was für ein Highlight sollte das wohl sein? Vermutlich keine Massagefunktion oder sowas praktisches wie Handyempfang. Aber ...

Plötzlich rumpelte es über mir laut, was mich zusammenzucken und einen Satz zurück machen ließ.

»Bob?«, rief ich unsicher.

»Alles gut. Ich bin auf dem Dach. Ich komm gleich wieder rein.«

Er war auf dem Dach? Bei diesen Witterungsverhältnissen? Wenn er da runterstürzte ...

Erneut rumpelte es, nur leiser diesmal. Danach folgte ein leicht schabendes Geräusch, ehe man knirschende Schritte hörte und anschließend Stille.

Bob kam zurück ins Zimmer und brachte Kälte mit. Unwillkürlich rieb ich mir über die Arme.

»Ist dir kalt?«, fragte er leise, kam zu mir und zog mich in seine Umarmung.

»Jetzt nicht mehr.«

Eine Weile standen wir schweigend so da, hielten uns einfach nur fest.

»Bob?«

»Hm?«

»Was ist das mit uns beiden? Ich meine, wir kennen uns eigentlich gar nicht, aber ich fühle mich bei dir so wohl. Ich hab in den letzten Stunden nicht einmal an Greystone gedacht oder überhaupt an mein Geschäft.«

»Dann tu es auch jetzt nicht. Mach dir das selbst nicht kaputt.«

»Aber was ...«

»Scht!«, machte er und wiegte mich sanft hin und her. »Nicht denken. Genieß es einfach. Ich tu's auch. Egal, wie es danach weitergeht. Jetzt, in diesem Moment, sind wir zusammen hier, und es fühlt sich gut an.«

Das tat es. Und so seufzte ich wohlig und schmiegte mich noch ein wenig fester in seine Umarmung.

Schließlich schob er mich von sich weg und sah mich schmunzelnd an.

»Lass uns schlafen gehen, es ist spät. Wir sollten morgen ausgeruht sein, damit wir den Tag nutzen und ihn genießen können. Übermorgen bring ich dich schon wieder nach unten, und mit etwas Glück wirst du dann ...«

»Scht!« Diesmal war *ich* derjenige, der *ihn* zum Schweigen brachte.

»Nicht denken, war das nicht der Deal?«

Er grinste. »Du lernst schnell.«

Ich nickte, ohne ihn auch nur eine Sekunde aus den Augen zu lassen. Die Luft zwischen uns knisterte, unser Atem vermischte sich auf den wenigen Millimetern, die unsere Lippen trennten. Es wäre nur der Hauch einer Bewegung, damit wir uns küssen konnten. Stattdessen ließ Bob mich vollends los und ging auf das Badezimmer zu.

Da wir ja schon geduscht waren, ging die Abendtoilette recht flott vonstatten. Er überließ mir wie selbstverständlich das linke Bett, doch ich hatte nicht die Absicht, allein darin zu liegen.

»Magst du ... nicht neben mir liegen? Wir haben letzte Nach schließlich auch ...« Fast hätte ich *miteinander geschlafen* gesagt, aber ich besann mich noch rechtzeitig. »Im selben Bett gelegen.«

Grinsend schlüpfte Bob neben mich. »Ich hatte gehofft, dass du sowas sagst. Er beugte sich über mich. »Schließ die Augen.«

Ich tat, wie mir geheißen, fühlte, wie sich sein Gewicht auf mich herabsenkte. Wir trugen beide T-Shirts und Boxershorts, dennoch berührten wir uns an verdammt vielen Stellen unserer Körper und das Prickeln, das von diesen Stellen ausging, war so aufregend, als wäre dies mein erstes Mal.

Bobs Lippen strichen über meine. Einmal. Zweimal. Dann blieben sie liegen. Fast ohne Druck, aber weich und warm. Dieser Kuss war so fragend und unschuldig, dass er mir gerade deshalb unter die Haut ging.

Ich hörte es klicken und der warme Schimmer des Lichts, den ich auch unter meinen geschlossenen Lidern hatte erahnen können, erlosch.

Während er vollends an meine Seite glitt, rieben Bobs Schenkel an meinen entlang, aber er dreht sich auf den Rücken, bis wir in der gleichen Pose nebeneinanderlagen.

»Jetzt die Augen wieder auf.«

Ich blinzelte und sah im selben Moment durch ein Fenster in der Dachschräge, das mir nicht aufgefallen war. Ein wenig Schnee glitzerte noch darauf, aber das meiste war frisch weggeräumt.

»Du hast das Fenster vorhin freigeschoben.«

Seine Antwort war ein Kichern. »Und? Beeindruckt?«

Das war ich definitiv, denn über uns leuchtete der schwarzen Nachthimmel als wäre er mit Millionen von Diamanten bestreut. Ein unglaublicher Anblick, nicht ganz so faszinierend wie die Nordlichter vorhin, aber nahe dran.

Wie bereits auf der Bank griff Bob nach meiner Hand, verschränkte unsere Finger miteinander und kuschelte sich mit einem wohligen Seufzen an mich. In meinem Bauch flatterte es aufgeregt. Ich wollte ihn so gern berühren, ihn überall streicheln, war mir aber nicht sicher, wie er darauf reagieren würde. Also blieb ich einfach still liegen und genoss seine Nähe, bis mich das Gefühl von Geborgenheit in den Schlaf hinübertrug. Schon komisch, seit ich in Dawson festsaß, hatte ich keine Tabletten mehr gebraucht, und ich hatte dennoch geschlafen – sogar so gut wie lange nicht mehr – und hatte es geschafft, einen Berg zu erklimmen. Vielleicht gab es auch noch andere Dinge, die ich schaffen konnte.

***

Ich schlief eine weitere Nacht komplett durch. Bob hatte definitiv eine beruhigende Wirkung auf mich. Geweckt wurde ich durch ein leichtes Kitzeln an meiner Schläfe, weil er federleicht mit seinen Lippen darüberstrich. Daran könnte ich mich gewöhnen.

Ich brummte wohlig und kuschelte mich noch fester an ihn. Ein Schmunzeln ziepte an meinen Lippen, als er ein leises Keuchen ausstieß, weil unsere morgendlichen Ständer aneinanderrieben. Für meinen Geschmack mit viel zu viel Stoff dazwischen. Ich bewegte noch einmal meine Hüfte, diesmal stöhnte er auf und auch mir entkam ein lustvoller Laut. Wie war das noch gleich? Man sollte genießen, was das Leben einem gerade anbietet?

Ich war bereits versucht ihn zu küssen, besann mich dann aber darauf, dass er direkt nach dem Aufstehen nicht darauf stand. Was ich schade fand, aber ich würde es respektieren.

Alternativ fing ich an, seinen Oberkörper zu streicheln. Erst über dem Shirt, dann auch darunter, bis ich es schließlich nach oben und mit Bobs Hilfe auch über seinen Kopf schob. Meines folgte nur Sekunden später.

Sein Körper war warm vom Schlaf und unserer Nähe, seine Haut fest und weich zugleich. Er hatte ein paar wenige Haare auf der Brust, die sich herrlich rau unter meinen Fingern anfühlten. Meine Brust war glattrasiert, aber das schien ihm durchaus zu gefallen.

Wenn ich seinen Mund schon nicht küssen durfte, dann eben alle anderen Stellen an seinem Körper. Die Idee fand seinen Zuspruch und Erwiderung. Es dauerte nicht lange, bis unsere Berührungen kühner, aber auch fahriger wurden. Gott, ich war so verdammt heiß auf diesen Mann. Mutig ließ ich meine Hand in seine Boxershorts gleiten. Bob zuckte zusammen, stieß dann aber sein Becken nach vorne auf der Suche nach mehr Reibung. Sein Schwanz lag hart und pulsierend in meiner Hand. Er war nicht allzu groß, aber auf Riesenschwänze stand ich ohnehin nicht. Was mich zu einer nicht unwichtigen Frage brachte.

»Also bist du ... magst du es lieber aktiv oder passiv?«

Von einer Sekunde zur anderen erstarrte Bob. Er rückte sogar ein Stück von mir weg und sah mich perplex aus großen Augen an.

»Ähm, ich ... versteh das jetzt nicht falsch, aber ... Du bist ein wirklich toller Mann, Harvey. Nur, ich ... wir kennen uns jetzt kaum mehr als vierundzwanzig Stunden. Es ist noch ein bisschen früh für ... Sex. Meinst du nicht? Also für *diese* Art von Sex.«

Ich schwankte zwischen Enttäuschung und Schuldbewusstsein. Unrecht hatte er damit nicht, nur war ich es eben gewohnt, bei einem Date gleich zur Sache zu kommen. Und so wie sich dieser Morgen bisher entwickelt hatte ...

»Tut mir leid, ich bin einfach nicht der Typ, der sofort alle Register zieht. Bist du sehr enttäuscht?« Mit einem Mal klang er sehr unsicher, was die Enttäuschung in mir zum Schmelzen brachte, und stattdessen etwas anderem Platz machte, dass sich anfühlte wie ... Ich brachte das Wort nicht über die Lippen. Nicht mal in Gedanken. Es war ein großes Wort und ich kannte mich damit nicht aus. Ich wusste nur, dass ich glücklich war und dass es keine Rolle spielte, ob wir miteinander schliefen oder eben noch nicht.

Moment, hatte ich gerade *noch* gedacht? Implizierend, dass das zwischen uns beiden weitergehen konnte? Auch über Weihnachten und dieses Zwangsasyl hinaus? Nun, hatte ich wohl, und dieser Gedanke fühlte sich wunderbar an.

»Nein, bin ich nicht«, antwortete ich ihm und rieb meine Nasenspitze an seiner. »Ist ein bisschen neu für mich, aber so ... bleibt es spannender.«

Es war schön, sich langsam aneinander heranzutasten. Rauszufinden, was der andere mochte. Ungewohnt, aber auch besonders. Es löste schon wieder das Kribbeln in mir aus, das ich nicht kannte. Diesmal noch viel stärker. Das hier war kein schneller Druckabbau, kein Fokus darauf, lediglich zum Höhepunkt zu kommen. Zwischen uns ging es gerade darum, einander zu genießen.

Bob atmete erleichtert auf und ich roch einen Hauch von Minze, also war er offenbar schon im Bad gewesen. Ich leider nicht, weshalb Küsse wohl erst mal ausfielen. Das hatte ich ja inzwischen gelernt. Aber stattdessen streifte er meine Mundwinkel mit seinen Lippen, ließ sie meine Kieferlinie entlang gleiten bis zu meinem Ohr.

»Aber wenn es passiert«, flüsterte er, wobei ich sein Schmunzeln regelrecht hören konnte, »dann ist es mir egal. Ich mag beides.«

Mein Atem entwich in einem leisen Stöhnen, als er über meine Kehle leckte, gleichzeitig meine Brustwarze zwischen Daumen und Zeigefinger rieb.

»Das ist gut.« Das, was er da machte auch. »Ich mag auch beides.«

»Mhm. Kompatibel also.«

»Oh ja, ich denke schon. Und was du hier tust, ist Folter, das ist dir hoffentlich bewusst.«

»Dann sollten wir das hier wohl lieber unterbrechen und später fortführen, wenn es dich nicht mehr so quält. Ich plädiere sowieso für's Aufstehen, denn ich möchte dir noch eine letzte Sache zeigen.«

***

Dieser Kerl brachte mich echt um den Verstand. Ich war kein Frühaufsteher. Und normalerweise konnte ich es gar nicht leiden, wenn man mich erst heiß machte, die Sache dann aber nicht zu Ende brachte. Bei Bob kam erst gar kein Unmut in mir auf. Eine halbe Stunde nach unserem Morgenkuscheln stand ich angezogen mit ihm auf der anderen Seite der Werkstatt und sah buchstäblich der Sonne entgegen.

»Du weißt, dass man blind werden kann, wenn man ohne vernünftigen Schutz in die Sonne schaut?«

Er verstärkte den Druck seiner Arme, die um mich lagen. Ich lehnte mit dem Rücken gegen seine Brust und schüttelte innerlich über mich selbst den Kopf. Was machte ich hier draußen im Dunkeln bei Minusgraden im zweistelligen Bereich, die selbst meinen Atem fast gefrieren ließen?

Just in dem Moment, als ich mir diese Frage stellte, glitten die ersten Lichtstrahlen über den Horizont. Mir stockte der Atem, als sie auf den Gipfel eines Berges direkt gegenüber unserer Anhöhe fielen und ihn in Rot und Gold tauchten. Dieser Anblick war genauso atemberaubend wie die Nordlichter letzte Nacht oder dieser funkelnde Sternenhimmel oder der Mann, der mich in seinen Armen hielt.

»Das ist Mount McKinley. Oder eben Denali, wie er seit 2015 wieder heißt.«

»Das ist der absolute Hammer«, flüsterte ich ehrfürchtig. »Ist dir klar, was manche Menschen tun würden, um diesen Anblick genießen zu können?«

Ich fühlte, wie Bob mit den Schultern zuckte. »Tja, um diese Zeit ist nur nie jemand hier. Die Touristen bekommen diesen Anblick bestenfalls von einem der Aussichtspunkte im Park geboten, aber das ist kein Vergleich.«

Das glaubte ich ihm sofort. Ich konnte den Blick nicht abwenden von dieser Schönheit. Die Landschaft unterhalb des Berges tauchte mehr und mehr aus den Schatten auf wie eine geheimnisvolle Welt, die langsam aus dem Schlaf erwacht. Die schneebedeckten Ebenen glitzerten als läge Elfenstaub auf ihnen und die Kiefern erschienen mir wie mächtige Wächter, die den Denali Nationalpark vor allen Eindringlingen beschützen wollten, die nicht mit ehrenvollen Absichten hierherkamen.

Ich ruhte in diesem Augenblick in mir und mein Geist war weit und frei. Ohne mein bewusstes Zutun, ohne dass ich auch nur im Geringsten darüber hätte nachdenken müssen, formte sich eine Idee in meinem Kopf. Als die Sonne soweit aufgegangen war, dass ihr Licht mir die Augen tränen ließ, wandte ich den Kopf zu der Werkstatt hinter uns und war mir ohne jeden Zweifel sicher, dass es genau das richtige war.

***

»Ich weiß nicht.« Bob war auf Anhieb leider nicht ganz so begeistert von meiner Vision wie ich. »Ellen und Arthur werden das nicht alleine schaffen. So ein Hotelbetrieb ist viel Arbeit. Und ich hab ja das Teegestöber. Sie müssten jemanden einstellen, doch das kostet im schlimmsten Fall mehr als es einbringt. Dann könnten sie alles verlieren.«

»Das werden sie nicht«, versicherte ich und war felsenfest von meinem Konzept überzeugt. Mein Herz legte ein paar Takte zu, während ich mir die nächsten Worte im Kopf zurechtlegte. Ich biss mir auf die Lippen, nicht wirklich sicher, ob das, was ich jetzt sagen wollte, so gut bei Bob ankam, wie ich hoffte. Das alles war definitiv noch nicht zu Ende gedacht, aber daran konnte man arbeiten und es fühlte sich einfach richtig an.

»Und sie wären auch nicht allein damit, denn ... vielleicht wäre ich ja hier, um sie zu unterstützen.«

Nun war es gesagt. Das war ein riesengroßer Schritt, der mein komplettes Leben auf den Kopf stellen würde. Und nicht nur meins. War das verrückt? Ohne Frage. Es war viel zu spontan und ... riskant. Absolut untypisch für mich. Aber ich hatte noch nie in meinem Leben etwas so sehr gewollt. Nicht einmal den Deal mit Greystone. Den ich hier oben zum wiederholten Mal vorübergehend vergessen hatte, denn den musste ich vorher auf jeden Fall noch abwickeln. Danach sollte ich mir wohl überlegen, wie es mit meiner Firma in Los Angeles weitergehen sollte, aber wenn Greystone zusagte, war genug Budget da, um dieses Kleinod hier in ein Relax-Hotel umzubauen und für Bellows Creative Brands jemanden als Geschäftsführer einzusetzen. Shelley war grandios – intelligent, engagiert, kreativ und erfahren.

Ich riss mich von diesen Überlegungen los, weil sie absolut haltlos waren, wenn Bob mir jetzt eine Abfuhr erteilte – in mehrfacher Hinsicht. Gott, ich war gerade drauf und dran, in meinem Leben eine hundertachtzig Grad Wende zu machen für einen Kerl, den ich gerade erst kennengelernt hatte, aber der mein Herz schon jetzt so fest in seinen Händen hielt wie keiner zuvor. Sicher und geborgen. Es war genau das, was ich wollte. Aber er musste es eben auch wollen, sonst funktionierte das nicht.

Seine Augen waren riesengroß und er starrte mich an, als wüsste er nicht, ob ich verrückt geworden war oder er. »Was meinst du damit?«, fragte er so leise, dass ich ihn fast nicht verstanden hätte.

Ich zuckte mit den Schultern und sah verlegen zu Boden. »Das weiß ich offen gestanden gerade selbst noch nicht zu hundert Prozent, aber … Es fühlt sich gut an, mit dir hier zu stehen und diese Pläne zu machen. Richtig. Als wäre ich genau da, wo ich schon immer sein sollte. Diese wenigen Stunden mit dir – mit euch – die haben etwas mit mir gemacht. Ich kann es gar nicht richtig in Worte fassen. Und das will bei mir was heißen. Ich denke einfach … es könnte einen Versuch wert sein.«

»Einen Versuch wert? Was genau?«

Seine Stimme klang weich und samtig und viel zu unsicher, aber ich hörte eine Hoffnung darin mitschwingen, die auch in meinem Herzen erste Wurzeln schlug.

»Na diese Bergstation und … und du. Ich meine wir … Ich meine …«

Weiter kam ich nicht, denn Bob umfasste mein Gesicht mit seinen Händen und zog mich zu einem leidenschaftlichen Kuss an sich. Darin schwangen so viel Emotionen mit, dass mir der Atem stockte und ich Tränen in meinen Augen brennen fühlte.

Als sie über meine Wangen flossen, taten sie das nicht allein, denn auch Bob weinte und schmiegte abwechselnd seine Stirn und seine Wange an mein Gesicht.

»Meinst du das ernst? Meinst du das wirklich ernst?«

»So ernst, wie nichts anderes«, versicherte ich ihm.

Er schüttelte den Kopf, was keine Verneinung war. »Du weißt gar nicht, was du hier gerade tust. Warum das so verrückt und wundervoll zugleich ist.«

»Dann erklär's mir«, schlug ich vor und küsste ihn sanft.

Der Ausdruck in seinen Augen war mir nicht fremd. Ich hatte ihn jetzt schon so oft gesehen. Gestern fast den ganzen Tag. Und vorgestern auch schon einige Male. Gestern hatte ich ihn sogar nicht nur bei ihm gesehen, sondern auch bei Arthur und Ellen, und er war, genau wie das Gefühl von angekommen-sein, eine Verbindung zu diesem Ort und diesen Menschen, die nach logischen Gesichtspunkten nicht da sein dürfte, aber unleugbar vorhanden war.

»Als du vorgestern in mein Café kamst, war ich vom ersten Moment an fasziniert von dir wie von keinem anderen Mann mehr seit Marcus gestorben ist.« Er schüttelte den Kopf, als müsste er damit seinen Worten die Last nehmen, dabei empfand ich sie gar nicht als solche. »Du darfst das nicht falsch verstehen, du siehst ihm kein bisschen ähnlich, das ist es nicht. Aber da ist etwas in deinen Augen, das mich an ihn erinnert. An das, was ich mit ihm hatte und ... nicht festgehalten hab. Und als du so verzweifelt warst, weil die Straße blockiert war, wusste ich einfach, dass ich dich damit nicht allein lassen kann.«

Wortlos ergriff ich seine Hände und küsste nacheinander seine Handflächen.

»Vielleicht war es wirklich Schicksal.« Immerhin waren hier so viele seltsame Unglücksfälle zueinander gekommen, dass ein Zufall fast noch unwahrscheinlicher war als Karma.

»Ja vielleicht. Ich hab mir nach seinem Tod geschworen, wenn ich jemals bei einem Mann das Gefühl haben sollte, dass er es wert ist, was zu wagen, würde ich es tun. Ich hätte nur nicht gedacht, dass es auf diese Art passieren würde und so schnell. Aber Arthur und Ellen haben es auch direkt gespürt, dass da etwas zwischen dir und mir ist. Dass du ... vielleicht Marcus Platz einnehmen könntest. Sie mögen dich. Und ich glaube, so verrückt wie deine Idee auch ist, wenn wir sie ihnen gemeinsam vorschlagen, werden sie darüber nachdenken. Aber bitte, lass es uns nur tun, wenn du dir ganz sicher bist.«

In mir wurde alles ruhig und weit. Grenzenlos weit wie die Landschaft Alaskas. »Das bin ich. Sonst hätte ich erst gar nicht damit angefangen.«

Dass das alles auch von dem Deal mit Greystone abhing, verschwieg ich. Es würde eine Menge Geld kosten, die Werkstätten so umzubauen, dass man ein kleines Hotel daraus machen konnte. Eine Auszeit für gestresste Businessmenschen wie mich, denen die Magie dieses Ortes wieder zeigte, was wirklich wichtig war im Leben. Okay, der mangelnde Handyempfang würde vermutlich auch einen gewissen Anteil an der Stressreduzierung haben, aber das war ein Aspekt, den ich besonders geschickt verpacken musste, damit er auf die anvisierte Klientel nicht abschreckend wirkte.

Ich fasste nach Bobs Händen. »Es wird klappen. Wenn sie erst Mal mit Arthur angeln gehen oder Ellen ihnen die Töpferscheibe nahebringt, werden sie gar nicht mehr hier wegwollen. Und die ganz hartgesottenen Fälle werden wir mit den Polarlichtern knacken.«

***

Ich atmete noch einmal tief durch, ehe ich aus dem Wagen stieg. Von diesem Treffen hier hing so viel ab. Nach anfänglichem Zögern waren Ellen und Arthur einverstanden gewesen, den Versuch zu wagen, auch wenn sie ihn mindestens so verrückt fanden wie ich. Es würde eine große Umstellung für sie werden, aber hey, mein Leben hatte sich innerhalb von nur vierundzwanzig Stunden um hundertachtzig Grad gedreht und ich konnte nicht sagen, dass ich es bereute. Jede Minute der letzten Tage hatte mir mehr und mehr bewiesen, dass es genau das war, was ich wollte. Ausbrechen aus meinem alten Leben, das mich eben nicht glücklich gemacht hatte. Da musste ich erst in einen Schneesturm geraten und bei einem einsiedlerischen Barista irgendwo im Nirgendwo stranden, um das zu begreifen. Aber genau dort wollte ich sein. Bei Bob, seinen Schwiegereltern und dem Teegestöber. Dieser Kerl hatte mein Herz nicht nur erobert, er hatte es gestohlen. Mit der Ruhe, die ihm innewohnte und mit dem inneren Leuchten, das ich vielleicht nur deshalb wahrnahm, weil er so vieles in mir damit zum Vorschein brachte, das ich längst vergessen und verloren geglaubt hatte.

Komm ganz schnell zurück hatte er gesagt, und ich hatte es ihm versprochen. Immerhin stand sein Weihnachtsgeschenk noch aus. Für die Massage hatten wir keine Zeit gefunden, weil wir lieber Pläne geschmiedet hatten.

Eigentlich war ich noch gar nicht bereit gewesen, ihn wieder zu verlassen. Als Hamilton uns an der Ranger-Station über Funk mitgeteilt hatte, dass die Straße bereits wieder passierbar war, hatte ich mir im ersten Moment gewünscht, dass noch eine zweite Lawine runtergehen sollte. Aber das war albern. Ich würde nur zwei Tage fort sein.

»Na dann, zeig, was du kannst, Harvey Bellows«, sprach ich mir selbst Mut zu.

Katherine Greystone erwartete mich bereits an der Eingangstür. Mit einem Lächeln, das nur so vor Herzlichkeit sprühte und nicht so aufgesetzt wirkte, wie ich es von vielen anderen Kunden kannte. Das gab mir Hoffnung.

»Harvey. Wie schön, dass Sie es geschafft haben und wohlbehalten hier angekommen sind.«

»Es tut mir wirklich außerordentlich leid, dass ich mich verspätet habe«, entschuldigte ich mich, konnte dabei aber keine schuldbewusste Miene zustandebringen. Stattdessen grinste ich über das ganze Gesicht, weil ich einfach trotz meiner Nervosität so glücklich war wie noch nie in meinem Leben.

Ich würde dieses Meeting hier durchziehen und dann wollte ich nur noch zurück zu Bob. Und wenn die Greystones das nicht verstanden, war es mir scheißegal. Es gab eben doch Wichtigeres als das Business. Für unsere Pläne musste ich dann eben einen anderen Finanzierungsplan entwickeln, aber auch das würde ich schaffen. Es würde schwierig werden, aber nicht unlösbar.

Gerade fühlte ich so viel Energie in mir, dass ich überzeugt war, alles schaffen zu können. Zusammen mit Bob.

»Das ist doch wirklich kein Problem«, versicherte Katherine. »Als Ihre Sekretärin uns über den Blizzard und die Lawine informiert hat, waren wir schon schwer in Sorge.« Sie strich mir liebevoll über den Arm. Eine ungewöhnliche Geste unter den Umständen, aber es bestätigte ihre Aussage, dass sie sich um mich gesorgt hatten. »Und jetzt erst mal rein in die gute Stube.«

Dankbar folgte ich ihr nach drinnen, wo sie mich in ein gemütliches Wohnzimmer führte.

»Ich danke Ihnen für Ihr Verständnis. Es ist sonst wirklich nicht meine Art, einen Geschäftstermin zu verpassen, und dann auch noch, ohne persönlich Bescheid zu sagen.«

Mit einem überraschten Lächeln im Gesicht drehte Katherine sich zu mir um. »Geschäftstermin? Aber das ist doch kein Geschäftstermin. Wir möchten Sie kennenlernen, Harvey. Es war wirklich nur eine Weihnachtsfeier. Wir sehen unsere Geschäftspartner als eine Art Familie. Es ist uns sehr wichtig, dass alle sich wohlfühlen und auch auf persönlicher Ebene Harmonie besteht. Aber nun verschieben wir das alles eben auf Silvester. Ein gemeinsamer Start ins neue Jahr ist doch auch ein schönes Omen, finden Sie nicht?«

Oh shit! Silvester? Persönliches Kennenlernen? Es war nicht zu übersehen, wie wichtig Katherine das war, aber ... Ich schluckte. Wenn ich dieses Geschäft noch retten wollte, würde mir wohl nichts anderes übrigbleiben, denn es hing einiges davon ab. Aber ich hatte an Silvester schon was vor. Ich hatte es Bob und Ellen und

Arthur versprochen. Ich schwankte. Der Job hatte immer oberste Priorität für mich gehabt, also sollte ich wohl …

Entschlossen presste ich die Lippen aufeinander. Nein, ich würde nicht schon wieder in alte Muster verfallen. Wenn die Zusammenarbeit mit Greystone funktionieren sollte, musste es meiner zukünftigen Geschäftsstrategie entsprechen, nicht der, die ich hinter mir lassen wollte.

Dann würden wir das Hotelprojekt notfalls noch ein Jahr schieben. Mehr selbst machen, als ich mir bisher überlegt hatte. Es gab immer einen Weg.

»Tut mir leid, Katherine, aber an Silvester habe ich schon etwas vor. Ich wollte eigentlich nur zwei Tage hierbleiben.«

Mit klopfendem Herzen wartete ich auf ihre Antwort. Wenn ich es damit jetzt endgültig versaut hatte, gab es kein Zurück mehr. War es wirklich das, was ich wollte? Ich lauschte in mich hinein, doch da war nur Wärme, wenn ich an Bob dachte und an die Pläne, die wir hatten.

»Oh, na dann. Carpe Diem, würde ich sagen. Nutzen wir also die zwei Tage, die Sie mitgebracht haben.«

Ein erster Hauch von Erleichterung durchströmte mich. Das war einfach gewesen.

»Ich danke Ihnen auch hier für Ihr Verständnis. Ich hoffe, Sie denken nicht, dass mir die Zusammenarbeit mit Ihnen nicht wichtig genug ist. Es ist nur so, dass … ein Freund auf mich wartet, und ich ihn ebenfalls nicht enttäuschen möchte.«

Katherines Lippen verzogen sich zu einem warmen, wissenden Lächeln. »Wohl eher ein besonderer Freund, so wie Ihre Augen gerade leuchten.«

Verdammt, war es mir derart anzusehen, dass Bob mein Herz im Sturm erobert hatte? Im Schneesturm eben.

»Ja, sozusagen.«

Ihre Augenbrauen hoben sich leicht und sie nickte.

»Machen Sie sich keine Gedanken, Harvey. Besondere Freunde sollte man nie enttäuschen. Und wir haben uns ohnehin schon entschieden.«

Bei diesen Worten lief es mir eiskalt über den Rücken. Schon entschieden? Obwohl wir uns noch gar nicht kennengelernt hatten? Das bedeutete dann wohl, dass jemand anderer den Zuschlag bekommen hatte, weil er es eben pünktlich geschafft hatte. Aber nach einem ersten Schrecken, beruhigte sich mein Herzschlag sofort wieder. Dann war es eben so. Vielleicht hatte es nicht sein sollen, weil das Schicksal etwas anderes für mich bereithielt.

»Wir haben uns für Sie entschieden«, fügte Katherine dann jedoch schmunzelnd hinzu, tätschelte mütterlich meine Hand und brachte mich damit endgültig ins Schleudern.

»Für mich? Aber wir kennen uns doch noch gar nicht. Sie haben sich mein Konzept nicht einmal angesehen.«

Sie winkte lachend ab. »Aber Harvey, Sie haben sich doch über uns erkundigt. Sie wissen, dass wir sehr kritisch sind und potenzielle Geschäftspartner genauestens prüfen.«

Das wusste ich, ja, deshalb hatte ich mich auch besonders intensiv vorbereitet. Hatte nicht nur das Konzept, sondern auch sämtliche kaufmännischen Unterlagen über die Agentur im Gepäck. Und das sollte nun gar nicht mehr notwendig sein?

Sie bot mir einen Platz am Tisch an und kaum, dass wir saßen, erschien bereits ein Dienstmädchen mit einer kleinen Kuchenplatte, Tee, Kaffee und heißem Kakao.

»Sie können natürlich auch etwas anderes bekommen, wenn Sie möchten. Ein Sandwich vielleicht? Oder soll unser Koch ein kleines Menü herrichten?«

Dankend lehnte ich ab, woraufhin sie zufrieden nickte und zum Thema zurückkehrte.

»Wir beobachten Bellows Creative Brands jetzt seit über zwei Jahren. Wären wir nicht überzeugt, dass Sie genau der Richtige für uns sind, hätten wir erst gar keinen Kontakt aufgenommen. Das Geschäftliche ist nun nur noch eine reine Formsache. Wir hatten an Ende Januar gedacht wegen der Verträge. Ich hoffe, Sie haben dann noch ein Plätzchen im Terminkalender frei. Wenn es helfen sollte, Sie dürfen Ihren *besonderen Freund* auch gerne mitbringen.«

Ich nickte hastig. »Sicher. Das wird kein Problem sein. Also, ganz unabhängig von ihm.« Gerade konnte ich mein Glück kaum fassen. Ob Bob mich begleiten würde? Der Gedanke gefiel mir irgendwie, dass er bei diesem Neuanfang der Agentur ebenfalls dabei war. Ein Teil davon wurde.

»Wunderbar. Und jetzt muss ich mich bei Ihnen entschuldigen, denn offenbar hat da jemand in unserem Haus seine Hausaufgaben nicht gründlich genug gemacht. Wir hatten Sie vor allem deshalb zu Weihnachten eingeladen, weil wir dachten, es wäre angenehm, wenn Sie die Feiertage nicht allein verbringen müssten. Laut Ihrer Vita gibt es niemanden in Ihrem Leben und am Fest der Liebe sollte unserer Meinung nach niemand einsam sein. Aber das hat sich wohl geändert, wozu ich Ihnen von Herzen gratuliere.«

»Danke, Katherine. Und glauben Sie mir, Ihr Mitarbeiter hat großartige Arbeit geleistet, denn die Änderung ist in der Tat taufrisch.«

Erneut hob sie ihre Augenbrauen, verstand dann aber offensichtlich.

»Das klingt nach interessanten Neuigkeiten. Darüber müssen Sie mir unbedingt mehr erzählen. Natürlich nur, wenn Sie möchten. Sie haben sich übrigens sehr erfolgreich gegen zwei hochrangige Konkurrenten durchgesetzt. Aber Ihre letzten beiden Kampagnen waren derart überzeugend, dass uns die Entscheidung leichtfiel. Und ich muss sagen, die beiden anderen waren mir auch viel zu unpersönlich. Ich bevorzuge etwas mit mehr Tiefe. Mit Gefühl. Denken Sie nicht auch, dass echte Emotionen einen entscheidenden Unterschied machen? Wie soll ein Kunde mir ein Statement abnehmen, wenn ich es nicht selbst so meine und fühle?«

Innerlich musste ich schmunzeln. Fast wäre ich versucht gewesen, Katherine hellseherische Fähigkeiten zuzusprechen, denn der alte Harvey hätte wohl nicht ganz ihrem Geschmack entsprochen. Der neue dafür umso mehr. »Das einzige Manko war die Entfernung«, fuhr sie fort. »Los Angeles ist sehr weit weg. Aber dank der modernen Medien, werden wir diese Hürde wohl meistern.«

Ich schmunzelte. »Na ja, das mit der Entfernung könnte sich demnächst relativeren.«

»Oh, wie schön, ich hatte das ein wenig gehofft, als Sie vorhin von taufrischen Veränderungen sprachen. Das hat nicht zufällig etwas mit Ihrem ungeplanten Abstecher in einen Blizzard zu tun?«

Ich räusperte mich verlegen. »Tja, nun ... doch, ja, hat es. Ich werde wohl im kommenden Jahr häufiger in Dawson sein. Allerdings nicht nur in diesem Dawson, sondern auch in Dawson Creek. Nahe des Denali-Nationalparks. Dort hat sich ein weiterer Auftrag ergeben, der mir sehr am Herzen liegt.

»Dann gratuliere ich Ihnen zu drei neuen Projekten. So wird das kommende Jahr sicher sehr aufregend.«

»Das wird es, aber wieso drei?«

Diesmal lachte Katherine und es klang sehr herzlich. »Na ja, zwei berufliche und ein privates. Und wenn Sie meinen Rat möchten, geben Sie dem privaten immer den Vorrang. So halten mein Mann und ich es schon seit vielen Jahren, was sowohl unserer Ehe als auch unserem Geschäft nur Nutzen gebracht hat.«

Wie auf ein Stichwort hörten wir in diesem Moment die Haustür ins Schloss fallen und ein Herr mit leicht ergrauten Haaren und Bart betrat das Wohnzimmer. In dem roten Mantel sah er für einen Moment tatsächlich wie der Weihnachtsmann aus.

»Ah, Geoffrey, du kommst gerade rechtzeitig. Ich habe Harvey schon gesagt, dass wir uns für ihn entschieden haben, wir können also direkt zum gemütlichen Teil übergehen. Harvey hat mir nämlich gerade erzählt, dass er in Zukunft häufiger in Alaska zu tun hat. Im Denali. Ist das nicht eine wunderbare Fügung. Und da wollten wir doch auch immer mal hin. Unglaublich, dass wir das bisher noch nicht geschafft haben.«

Während sie mit ihrem Mann plauderte, fühlte ich mein Handy in der Hosentasche vibrieren und wagte einen schnellen Blick aufs Display.

»Und? Wie läuft es?«, wollte Bob wissen.

Ich sandte ihm nur schnell einen Daumen hoch. Alles weitere erzählte ich ihm lieber später bei einem Telefonat.

Es kam der Smiley mit den drei Herzchen drum rum zurück.

***

»Und die wollen wirklich mit einsteigen? In unser Hotel?«

Bob konnte gerade nicht fassen, was ich ihm über mein Gespräch mit Katherine und Geoffrey erzählt hatte. Nachdem ich den ganzen Nachmittag mit den beiden zusammengesessen und ihnen von meinem *Abenteuer Teegestöber* und unseren Plänen für ein Auszeit-Hotel erzählt hatte, waren sie Feuer und Flamme. Katherine war darüber hinaus wegen Bob und mir derart gerührt, dass sie meinte, so ein Weihnachtswunder müsste eigentlich verfilmt werden.

Ich hatte es kaum erwarten können, mich vor dem Abendessen auf mein Zimmer zurückzuziehen, um Bob anzurufen und diesen Erfolg mit ihm zu teilen.

»Ja, ist das nicht verrückt? Sie statten üblicherweise Wellness-Ressorts aus und arbeiten häufiger mit Beteiligungen. Unsere Idee für das *Projekt Teegestöber* hat sie vollkommen begeistert, weil es etwas Neues, Innovatives ist. Die Möglichkeiten, die uns das eröffnet, sind schier unendlich, und sie wollen lediglich mit fünf Prozent daran beteiligt werden.«

»Das ist ... wow. Ich weiß gar nicht, was ich sagen soll.«

»Dann sag erst mal gar nichts. Warte, bis du sie kennengelernt hast. Sie laden dich ein, mich zur Vertragsunterzeichnung zu begleiten. Du wirst die beiden lieben. Ihre Mentalität entspricht total dem, was wir uns auf die Fahne geschrieben haben.«

Am anderen Ende der Leitung herrschte einen Moment Schweigen.

»Bob? Bist du noch da?«, fragte ich unsicher. Hoffentlich hatte ich ihn mit all dem nicht zu sehr überfahren. Oder überlegte er es sich gerade anderes?

»Ja, ich bin noch da, ich bin nur einfach ... überwältigt. Und vielleicht ein bisschen besorgt.«

»Besorgt?« Sofort stellte sich ein leichtes Zwicken in meinem Magen ein.

»Ja, dass wir die Erwartungen womöglich nicht erfüllen. Ich meine, Ellen und Arthur sind praktisch Einsiedler, und auch wenn sie all die Jahre im Park ihre Waren an Touristen verkauft haben, ist ihre Sozialkompetenz doch etwas eingerostet. Und meine vermutlich auch. Das, was wir da planen, wird eine Menge Leute nach Dawson holen.«

Ich schmunzelte vor mich hin.

»Das war doch der Plan, oder? Aber dank den Greystones gibt es da einen kleinen Bonus, der das alles weniger erschreckend macht«, erklärte ich ihm. Es war tatsächlich der einzige Punkt gewesen, der mir bisher Bauchweh bereitet hatte. Ich stellte nicht nur mein Leben auf den Kopf, sondern auch das von Bob, Ellen und

Arthur. Das Hotel mit all seinen Vorzügen hätte definitiv auch die Ruhe torpediert, die dort oben herrschte. Aber dieses Problem war jetzt gelöst.

»Durch den Einstieg von Greystone können wir die alte Werkstatt auf einen VIP-Status begrenzen, so dass deine Schwiegereltern weiterhin relativ viel Ruhe auf ihrem Berg haben. Was den wenigen, ausgewählten Gästen, die wir dort einquartieren, zusätzlich entgegenkommen dürfte, weil die eben genau nach dieser Stille suchen. Alle anderen werden wir ein paar Höhenmeter weiter unten unterbringen. Das Gelände rund um die Ranger-Station ist dafür wie geschaffen. Ich habe schon mit dem Leiter der Parkverwaltung telefoniert. Sobald ich zurück bin, will er sich mit uns treffen, und ich kann dir sagen, dass auch er bereits jetzt sehr angetan ist. Es wird die perfekte Balance zwischen der Erhaltung der Ressourcen und dem Schaffen einer zusätzlichen Einnahmequelle. Nicht nur für deine Schwiegereltern, sondern auch für die gesamte Umgebung von Dawson Creek.«

Bob stieß hörbar den Atem aus. »Aus deinem Mund klingt das ebenso einfach wie verwirrend.«

»Vertrau mir, es wird wundervoll.« Auf gar keinen Fall wollte ich Hektik und Stress nach Dawson holen. Im Gegenteil. Dieses Hotel sollte allen, die dorthin kamen, die Ruhe zurückgeben, die ihnen in ihrem Alltag verlorengegangen war. Genau das machte den Unterschied zu den üblichen Erholungsressorts aus, die damit warben, Abstand vom Stress zu gewinnen. Ich würde die Werbekampagne gezielt darauf auslegen und dabei im Blick behalten, nur ein bestimmtes, aber lukratives Klientel anzulocken. Es würde klein aber fein sein. Und wenn es sich etablierte, planten die Greystones, dieses Konzept auch in anderen Gebieten umzusetzen. Immer mit so wenig Störfaktoren für die Umwelt wie nur irgend möglich. Kleine Oasen der Ruhe in unserer viel zu schnelllebigen, überfrachteten Zeit.

»Ich vertraue dir mehr, als du ahnst«, raunte Bob. »Wann wirst du wieder hier sein?«

»So schnell ich kann«, versprach ich. »Morgen Nachmittag fahre ich los, und morgen Abend bin ich schon wieder bei dir.«

Ein leises Seufzen war die Antwort, das meine Sehnsucht nach ihm exakt widerspiegelte. Nur ein paar Stunden und doch viel zu lang. Ich wollte ihn in die Arme nehmen, mich mit ihm auf der Bank unter die Decke kuscheln und den Sternenhimmel bewundern.

»Hältst du mich für verrückt, wenn ich sage, dass ich dich vermisse und ... dich liebe?«, fragte er fast schüchtern. »So ein kleines bisschen zumindest schon. Auch wenn das alles verdammt schnell geht.«

»Ich halte dich nicht für verrückt«, flüsterte ich. »Weil es mir ganz genauso geht.«

Wieder schwiegen wir für eine Weile, diesmal jedoch einvernehmlich und ich spürte der Verbundenheit nach, die ich selbst auf diese Entfernung noch immer fühlen konnte.

Dann jedoch entkam mir ein Kichern.

»Was ist?«, wollte Bob wissen.

»Ach, ich freu mich schon auf Shelleys Gesicht, wenn ich ihr im neuen Jahr eröffne, dass sie Geschäftsführerin wird und künftig die volle Verantwortung für L.A. trägt. Die fällt vom Stuhl. Mit sowas würde sie niemals rechnen. Aber sie wird eh denken, dass mich jemand ausgetauscht hat. Erst recht, wenn ich ihr sage, dass ich künftig in Dawson Creek zu erreichen bin.«

Bob entkam ein überraschter Laut. »Das klingt, als wolltest du dich komplett zurückziehen.«

»Hm ... nicht zu hundert Prozent. Aber ich denke, ich werde tatsächlich nur noch sporadisch nach L.A. fliegen. Schließlich kann ich dich mit dem Hotel nicht allein lassen. Auch nicht in der Bauphase. Du hast dein Teegestöber, und wenn die Saison erst wieder losgeht...«

»Heißt das, du bleibst bei mir? In Dawson?«

Die Wärme und zögerliche Freude in Bobs Stimme ließen mein Herz schneller schlagen.

»Ja, so hab ich mir das gedacht. Also ... falls du Asyl für einen fremden Kerl in Not hast, der in deinem Café gestrandet ist und festsitzt. Und ... in deinem Herzen?«

Ich formulierte es bewusst als Frage, weil auch in mir noch ein Hauch Unsicherheit vorhanden war.

»Du hast hier immer Asyl, Harvey. Mehr noch, du hast hier ein Zuhause, wenn du es willst.«

Und ob ich das wollte. Zuhause. Das klang wundervoll.

»Fahr vorsichtig auf dem Rückweg, ja? Es ist zwar kein Blizzard mehr gemeldet, aber eine Menge Neuschnee.«

»Mit dem werde ich schon fertig. Zur Not schnall ich mir einfach die Schneeschuhe unter und laufe zu dir.«

Daraufhin musst Bob lachen. »Tu das. Du kennst ja jetzt den Weg. Die Polarlichter, das Teegestöber und ich, wir warten schon auf dich.«

Ich spürte der Wärme in meinem Inneren nach, die mir langsam aber sicher den Mut gab, das Wort Liebe in Gedanken zuzulassen. Weihnachten würde für mich in Zukunft jedenfalls kein Kommerz mehr sein, sondern eine Zeit der Magie, in der man etwas finden konnte, von dem man zuvor nicht einmal gewusst hatte, dass man tief im Inneren danach suchte.

ENDE